D1942759

btb

Aus Freude am Lesen

Elsie liebt schöne Gärten und ihre kleine Wohnung. Sie arbeitet als Putzfrau, besucht einmal im Monat ihre Mutter und ist gern allein. Denn Elsie ist so hässlich, dass sie immer und überall auffällt. Als sie wieder einmal mit dem Bus zu ihrer Mutter unterwegs ist, setzt sich ein Mann neben sie, der ihre Neugier weckt, da seine Haut so fahl ist, als hätte er lange ohne Sonne und frische Luft gelebt. Der Mann fühlt sich von ihren Blicken belästigt, und um sie loszuwerden, sagt er ihr, er habe einen anderen Mann umgebracht und dafür fünfzehn Jahre im Gefängnis gesessen und hätte jetzt gern seine Ruhe.
Aus dieser zufälligen Begegnung entwickelt sich eine ungewöhnliche Freundschaft zwischen zwei Einzelgängern, die bisher nicht besonders gute Erfahrungen mit anderen Menschen gemacht haben. Und als Stan untertauchen muss, weil ihn seine kriminelle Vergangenheit einholt, hilft Elsie ihm. Eine Zeitlang leben sie fast wie ein glückliches Paar in einem Cottage am Meer – bis die Wirklichkeit in ihre kleine Welt einbricht und ihre Freundschaft auf eine unerwartete Probe stellt.

Charles Chadwick, geboren 1932, hat bis 1992 als Mitarbeiter des British Council in verschiedenen afrikanischen Staaten, in Brasilien, Kanada und Polen gelebt. Mit 72 Jahren veröffentlichte er seinen ersten Roman, »Ein unauffälliger Mann«, an dem er knapp 30 Jahre lang schrieb und der großes Aufsehen erregte. Charles Chadwick lebt in London.

Charles Chadwick bei btb:
Ein unauffälliger Mann. Roman (73912)

Charles Chadwick

Eine zufällige Begegnung

Roman

Aus dem Englischen von
Klaus Berr

btb

Die Originalausgabe erschien 2009 unter dem Titel
»A Chance Acquaintance« bei Short Books, London.

FSC
www.fsc.org
MIX
Papier aus verantwortungsvollen Quellen
FSC® C083411

Verlagsgruppe Random House FSC-DEU-0100
Das für dieses Buch verwendete
FSC®-zertifizierte Papier *Munken Pocket* liefert
Arctic Paper Munkedals AB, Schweden

1. Auflage
Genehmigte Taschenbuchausgabe Januar 2011
btb Verlag in der Verlagsgruppe Random House GmbH, München

Umschlaggestaltung: semper smile München
Umschlagmotiv: © Geoffrey Clifford / Getty Images
Druck und Einband: CPI – Clausen & Bosse, Leck
CP · Herstellung: SK
Printed in Germany
ISBN 978-3-442-74142-7

www.btb-verlag.de

Für Caroline

I

Dorothy saß am Schreibtisch ihres Vaters. Henry hatte ihn ihr überlassen – mit einem von ihm festgesetzten Wert – und ihrem Anteil am Nachlass ihres Vaters hinzugeschlagen. Das war typisch Henry. Mindestens zweitausend Pfund wert, hatte er gesagt. O nein, so viel war er nicht wert. Und jetzt hatte er ihr einen aufgeblasenen Brief über den Verkauf des Cottage geschrieben. Sie schaute hinüber zum Spiegel über dem Kaminsims und lächelte, um für Elsie zu üben, die bald hier sein würde. Richtig war dieses Lächeln nie – freundlich, sogar einladend, aber wie viel Liebe lag darin? Der Spiegel hing zu hoch für Elsie, sie konnte sich nicht sehen. Das Lächeln verwandelte sich in eine Maske der Bitterkeit. Die Frisur, die sie sich heute Vormittag hatte machen lassen, war ein lächerlich wackeliger, silbriger Helm. Eine der Frauen beim Bridge-Vormittag – Gladys, nicht? – hatte ihr einmal gesagt, sie habe einen strengen Gesichtsausdruck. Es wäre ihr lieber, wenn sie nach all den Jahren ein anderes, dauerhafteres Lächeln für Elsie hätte.

Sie würde ihr wieder einen Scheck geben, als kleine Unterstützung für ihre Ausflüge in öffentliche Gärten. Sie wäre gern sicher, dass sie nicht nur deshalb kam. Vielleicht tat sie es aus Pflichtgefühl. Sie konnte nicht einmal vermuten, wie viel Liebe dabei war, denn ihrem Gesicht konnte man es nicht ansehen. Und auf ihrem eigenen, was war da zu sehen? Angst. Scham. Sie hatte immer versucht, zu Elsie zu stehen, als sie noch ein kleines Mädchen war. Wie oft hatte sie ihr gesagt, dass Aussehen nichts bedeute, wichtig sei nur, wie die Menschen darunter sind. Elsie hatte aufgehört zu weinen, als sie ungefähr acht war, sie hatte sich inzwischen an sich gewöhnt.

Sie war nicht mehr so besorgt wie früher. Elsie hatte ihre Putzarbeit und ihre Gartenbesuche und ihre gemütliche kleine Wohnung. Sie hatte die Stoffe ausgesucht und die Vorhänge für sie genäht, wie Mütter es tun sollten. Natürlich gab es auch einen Fernseher. Sie hatte ihr Fahrstunden bezahlt, und jetzt war sie eigentlich bereit für die Prüfung. Den schriftlichen Teil hatte sie schon bestanden, aber den praktischen schob sie immer wieder hinaus. Vielleicht war sie nervös wegen der Wirkung ihres Anblicks auf andere Leute und der Gefahr eines Unfalls. Es wäre anders, wenn kein Fahrlehrer neben ihr säße. Mehr gab es in ihrem Leben nicht. Keine Liebe, keine Aufregung. Es gab nichts, weswegen man sich Sorgen machen müsste. Jetzt würde Elsie nichts mehr passieren, da sie, Tag für Tag, nur sie selber sein musste.

Sie konnte die Frage nicht vergessen, die Gladys ihr beim Kartengeben gestellt hatte, nachdem es ihr nicht gelungen war, für Mavis mit dem seligen Arthur in Verbindung zu treten. Arthur war der langweiligste Mann gewesen, den sie je gekannt hatte. Gladys erreichte ihn dreimal, und jedes Mal wollte er Mavis nur sagen, sie solle nicht vergessen, die Geranien zu gießen. Genau so ein Langweiler war Arthur gewesen. Mavis musste zum x-ten Mal erzählen, dass Arthur der Vergessliche gewesen war und sie in ihrem ganzen Leben noch kein einziges Mal vergessen hatte, eine Blume zu gießen.

Sie ging in die Küche, um ein Teetablett herzurichten. Sie wollte, dass Elsie sich hier immer zu Hause fühlte. Die Frage, die Gladys gestellt hatte, lautete, ob sie Elsie während der Schwangerschaft hätte töten lassen, wenn sie gewusst hätte, was aus ihr werden würde. Das war nicht fair. Es war schwer, Gladys gegenüber fair zu sein. Im Grunde galt das für alle Frauen in diesem Kreis. Was Gladys tatsächlich gesagt hatte, äußerst beiläufig beim Kartengeben, war: »Man muss sich doch fragen, ob es nicht besser gewesen wäre, wenn gewisse Leute nie geboren worden wären.« Zugegeben, sie hatten davor über die Jugendbanden gesprochen, die eine benachbarte Wohnsiedlung terrorisierten. Sie hatte Gladys sehr genau beobachtet, um zu sehen, ob sie ihr vielleicht einen ihrer Blicke zuwarf, einen Hinweis darauf, dass mit dieser Frage auch Elsie gemeint sein könnte. Aber sie tat es nicht. Die anderen schauten sich inzwischen die ausgeteilten Karten an. Sicher ist ihnen auch durch den Kopf gegangen, diese Frage auf Elsie zu beziehen. Dann war es Mavis, die sie kurz musterte, aber sie war ihre Partnerin und wollte vermutlich nur herausbekommen, was für ein Blatt sie hatte. Mavis hatte genickt, als Gladys das gesagt hatte. Mavis und Arthur hatten keine Kinder gehabt, wahrscheinlich, weil sie sich so aufopfernd um diese Geranien kümmern mussten.

In einer halben Stunde würde Elsie hier sein. Sie war immer pünktlich. Im Krankenhaus musste man pünktlich sein, hatte sie erklärt, um herauszufinden, welche Aufgaben man am jeweiligen Tag hatte, und um sich Lappen und Besen und Putzmaterial zu besorgen. Dorothy holte das Porzellan heraus, das sie von ihrem Vater geerbt hatte. Henry hatte auch das mit einer Wertangabe versehen – bestes Spode. Eigentlich ging es darum, dass Gladys ihr diesen Gedanken nicht erst in den Kopf gesetzt, sondern sie nur daran erinnert hatte, dass er bereits da war, irgendwo im Unterholz lauerte. Vielleicht funktioniert das Hirn eines jeden Menschen so: Ein Teil wird vom alltäglichen Geschäft des Denkens und Lebens erhellt, und dann gibt es noch ein dunkles, schattiges Hinterland, wo alle möglichen Gemeinheiten nur darauf warten, endlich loszuschlagen. Sie hatte irgendwo von einem »Pool der Menschlichkeit, an dem jedermann teilhat« gelesen. Sie kannte das Gefühl aus ihrer Wohltätigkeitsarbeit. Aber es gab auch einen Pfuhl des Menschseins, der allen gemeinsam war.

Solange sie sich wegen dieser Frage schämte, würde es ihr schwerfallen, Elsie ein offenes und liebevolles Lächeln zu schenken. Also versuchte sie, sich zu beschäftigen, räumte auf, kochte Tee und hoffte auf einen Vorwand, um irgendwann den Fernseher einschalten zu können. Sie stellte sich vor, wie Elsie einen Bus bestieg, und die Blicke, die sie bekommen würde. Es war schrecklich, sie mit diesen grässlichen Schlägern in einen Topf zu werfen. Sie hatte keinem Menschen je etwas getan. Wenn jemand nicht an diesem Pfuhl teilhatte, dann Elsie. Sie war es gewöhnt, dass Leute sie anstarrten oder wegschauten. Einige würden, wenn sie so geboren worden wären, überkochen vor Wut und Verärgerung. Vielleicht tat auch Elsie das manchmal. Vielleicht war sie überwältigt von Hass. Sie wusste es nicht. Sie hatte es nie gewusst. Als Elsie heranwuchs, sagte sie manchmal, sie wolle jetzt in ihr Zimmer gehen und sich hinlegen. Das war, nachdem die Tränen aufgehört hatten und man nur daran merkte, ob irgendetwas, normalerweise in der Schule, sie besonders unglücklich gemacht hatte. Die Lehrer hatten sich größte Mühe gegeben, aber, wie einer ihr einmal erklärt hatte, es sei schwierig, ihre Einsamkeit zu durchdringen. Sie hatte die Schule verlassen, sobald sie durfte, mit nicht mehr als einem mageren Hauptschulabschluss, blieb dann zu Hause und bekam hin und wieder eine niedere Arbeit, bis sie sich schließlich eine eigene Wohnung besorgte.

Sie hatte vor, sich für Elsie etwas Bequemeres anzuziehen, um der Situation etwas Zwangloses zu geben. Sie fragte sich, ob Elsie je dachte, sie habe Glück, am Leben zu sein, weil ihre Mutter sie nicht schon vor ihrer Geburt beseitigt hatte. Es war eine schreckliche Geburt gewesen, als hätte Elsie damals schon gewusst, dass ihr Leben vielleicht nicht lebenswert sein könnte. Manchmal glaubte Dorothy, einen Ausdruck der Dankbarkeit in diesem grimmigen, verzogenen Gesicht zu entdecken. Sie konnte keine Miene machen, die ihr nicht einen noch finstereren Ausdruck verlieh. Elsie – ihr dankbar. *Dankbar!* Wenigstens war sie nicht ihr einziges Kind. Wenigstens hatte sie noch Geoffrey. Sie ging ins Schlafzimmer, um sich etwas Legereres auszusuchen, überlegte es sich dann aber anders. »Es tut mir leid, Elsie«, sagte sie. »Ehrlich.« Aber was tat ihr leid? Dass sie nicht wusste, wie sie ihr ein liebevolles, mütterliches Lächeln schenken sollte? Sie musste dafür sorgen, dass sie sich zu Hause fühlte. Sie durfte nicht über ihr Bein jammern, dem es inzwischen eh schon viel besser ging.

II

Elsie schaute im Bus aus dem Fenster, um die Leute, die sich neben sie setzten, nicht abzustoßen. Es war nicht so, dass niemand mit ihr reden wollte, über Gott und die Welt, nachdem sie sich erst einmal an sie gewöhnt hatten. Zumindest hin und wieder. Die Leute glaubten einfach nicht, dass sie es weitererzählen würde. Sie konnten sich nicht vorstellen, dass sie mit irgendjemandem an einer Bushaltestelle oder einer Straßenecke stand und den neuesten Klatsch verbreitete. Es war, als wäre sie gar keine richtige Person. Sie wollte immer mehr über die Leute erfahren und versuchte, nicht zu starren. Sie wollte, dass die Leute sie besser kennenlernten. Ihre Mutter hatte ihr x-mal gesagt, dass das, was wichtig sei, darunterliege. Und genau das hatte sie sich auch selber oft gesagt.

Schon als Kind hatte sie gelernt, den Hass, der in ihr aufwallte und sie zu überwältigen drohte, zu zügeln. Aber manchmal packte er sie noch, als wäre er immer da und wartete nur darauf loszuschlagen. Manchmal passierte es, wenn sie hübsche junge Leute sah, die sich zur Schau stellten. Oder die Gesichter in Anzeigen für Kosmetika und Kleidung und Frisuren. Leute, die zu selbstgefällig waren.

Es hielt nie lange vor. Der Teufel hatte seine schmutzige Arbeit getan und hatte genug Befriedigung im Leben, ohne sich mit ihr abzugeben.

Sie mussten sich neben sie setzen, wenn der Bus voll war, und dann beugten sie sich über ihre Einkäufe oder die anderen Sachen auf ihrem Schoß, sobald sie ihr einen flüchtigen Blick zugeworfen hatten. Wenn sie zweimal hinschauten, dann vielleicht, weil sie unbedingt mit jemandem reden mussten. Auf einer längeren Fahrt war es schwieriger, nichts zu sagen, immerhin berührten sich ja die Arme.

Ein Mann saß neben ihr. Er roch nach etwas zugleich Saurem und Süßem, nach etwas, das überdeckt wurde. Sie konnte nicht aufhören, ihn immer wieder flüchtig anzuschauen und Vermutungen anzustellen.

»Was starren Sie denn so?«, fragte er verärgert.

Seine Stimme klang, als sollte er sich einmal räuspern. Vielleicht tat er es absichtlich nicht, damit sie rau und heiser klang. Sein Kopf war rasiert worden, und jetzt wuchsen die Haare fleckig nach, schwarz mit grauen Sprengseln. Seine Schuhe waren auf Hochglanz poliert, und seine Hose hatte eine scharfe Bügelfalte. Solche Sachen, wenn sie den Eindruck hatte, die Leute wollten etwas beweisen, fielen ihr auf. Es war der Grauton seiner Haut, die Fältchen an seinen Augen, denn ansonsten wirkte er nicht alt. Sie schaute ihn ein wenig länger an, denn ihre Neugier hatte die Oberhand gewonnen.

Dann sagte er: »Wenn Sie's unbedingt wissen wollen,

ich habe einen Kerl umgebracht. Habe fünfzehn Jahre gesessen. Seit vier Monaten draußen. Und jetzt können Sie verdammt noch mal aufhören, mich anzustarren.«

Elsie war ihm dankbar. Das hätte er keinem anderen je gesagt, nicht einfach so. Auch seine Augen waren grau, und er funkelte sie böse an, als wartete er nur darauf, dass sie schockiert oder ängstlich reagierte. Sie vermied es tunlichst, ihrem Gesicht einen Ausdruck zu geben. Ein Lächeln zum Beispiel. Bei ihr sah ein Lächeln aus wie Zähnefletschen, und zwar umso schlimmer, je freundlicher es gemeint war. Es lag an der Art, wie ihre Zähne vorstanden, die unteren. Und ihre Augen so tief in den Höhlen, dass man sie kaum sah. Stundenlang hatte sie vor dem Spiegel geübt, aber sie sah dabei immer nur aus, als würde sie sich hassen. Ein Fernsehprediger hatte einmal gesagt, die Leute sollten in den Spiegel schauen und sich sagen, dass Gott sie liebe. Sie hatte es ein paarmal versucht und sich dann gesagt, wenn Gott existierte, musste das stimmen, aber da er keine andere Wahl hatte, dürfte ihm das Lieben nicht schwerfallen. Sie hasste sich selber nicht, außer wenn der Teufel sie dazu brachte, auch andere Leute zu hassen. Sie konnte Sachen komisch finden, wenn sie wollte. Doch wenn sie lachte, sah es aus, als würde sie nach Luft schnappen. Sie beherrschte es hervorragend, ihre Gefühle nicht zu zeigen, denn wenn sie es tat, ließ ihr Gesicht sie am heftigsten im Stich. Also verzog sie keine Miene. Das war der Grund, warum Leute ihr vertrauten, einfach damit herausrückten und ihr sagten, sie hätten jemanden umgebracht.

Und so sagte sie: »Ach ja?« Als hätte er gesagt, er hätte

sich im vergangenen Winter eine Erkältung eingefangen, oder etwas ähnlich Alltägliches.

Aber er hatte das Interesse verloren und schaute zum anderen Fenster hinaus.

Sie fragte sich, ob sie vielleicht unverschämt gewirkt hatte, deshalb fragte sie nach zwei Haltestellen: »Warum haben Sie es getan?«

Ihr schien das eine höfliche Frage zu sein. Doch er antwortete nur: »Scheren Sie sich doch um Ihren eigenen Scheiß.«

Manchmal redeten die Leute mit ihr, als wäre sie zu dumm, um sich darum zu scheren, als gäbe es kaum etwas, das sie scheren könnte, so wie sie aussah. »Uneinnehmend« hatte ihre Mutter es einmal genannt. Das war nicht fair. »Nicht sehr einnehmend«, waren ihre genauen Worte gewesen. Sie hatte mitgehört, wie ihre Mutter es am Telefon sagte, das war alles. Sie hatte es ihr nicht ins Gesicht gesagt. Ihre Mutter konnte nichts dafür, dass sie sie immer anschaute, als würde sie sich wünschen, sie wäre anders, eher wie Geoffrey.

Aus einer Augenblickslaune heraus sagte sie: »Manchmal habe ich Lust, meine Mutter umzubringen. Oder auch meinen Vater.«

Sie war unterwegs zu ihrer Mutter, deshalb war ihr das eingefallen. Es stimmte nicht. Es war nur freundlich gemeint, um die Unterhaltung am Laufen zu halten, um sich zu ihm ins selbe Boot zu setzen. Gern hätte sie jetzt witzelnd gegrinst, um das zu unterstreichen.

Doch er murmelte nur: »Blöde, hässliche Kuh!«

So viel zu Aufmerksamkeit. Sie versuchte es wirklich, wenn sich die Gelegenheit ergab. Sie wollte sich wirklich gutstellen mit den Leuten, sie nicht immer nur vor den Kopf stoßen. Eine andere Möglichkeit gab es eigentlich nicht.

Sie stiegen an derselben Haltestelle aus. Einmal drehte sie sich um, weil sie meinte, er würde ihr folgen, und ihr durch den Kopf schoss, dass sie vielleicht sein nächstes Opfer sein könnte, obwohl sie wahrscheinlich der letzte Mensch auf der ganzen Welt war, den irgendjemand würde umbringen wollen. Außerdem war er nirgendwo zu sehen.

Sie hastete nicht die Straße entlang, sondern ging gemächlich durch die Schatten, die die sommerlichen Bäume warfen. Sie wusste nicht einmal, ob ihre Mutter sie mochte und sich auf ihre Besuche freute. Sie konnte sich keinen Grund dafür vorstellen. Vielleicht dachte sie einfach, Kinder verhielten sich eben so … Es gab einige hübsche Vorgärten, die meisten mit Rosen, die ihre besten Tage schon hinter sich hatten und geschnitten werden mussten. Sie sahen irgendwie erstickt aus, als würden sie in der Sommersonne Staub ansetzen.

Einmal hatte sie ein Foto von der Hochzeit ihrer Eltern gesehen. Ihre Mutter war nicht gerade die Fotogenste, auch wenn sie sich extra herausputzte. Manchmal saß sie zurückgelehnt in ihrem Sessel, das Bein auf einem Lederhocker, um es herzuzeigen und darüber zu jammern. Und manchmal legte sie den Kopf zurück und zeigte ihren Hals. Es stimmte doch. Einmal hatte sie sich bei der Überlegung ertappt, ob es wohl einfach wäre, sie zu erdrosseln, oder ob sie dazu schlicht zu viele Fettfalten hatte. Als sie in die Straße ihrer Mutter einbog, an der weniger Bäume Schatten warfen, schoss ihr der Gedanke durch den Kopf, ob der Mann im Bus es für zehntausend Pfund tun würde. Beim letzten Mal hatte ihre Mutter über ihr Bein gejammert und sie nie angeschaut, oder nur ein einziges Mal, so, als würde sie es sofort wieder bedauern. Ihr Vater hatte sie aus dem Hochzeitsfoto heraus angesehen, als wäre er von ihnen beiden enttäuscht. Sie war nicht lange geblieben, nicht nachdem ihre Mutter mit ihrem Bein angefangen hatte. »Warum solltest du es denn eilig haben?«, hatte sie gefragt. Es gab einfach solche Gedanken, die sie überfielen, wenn sie nicht auf der Hut war vor ihnen. Meistens wünschte sie sich einfach, sie wäre anders, damit ihre Mutter sich nicht so große Mühe geben müsste, sie zu lieben.

Sie konnte ja über ihre neue Arbeit reden. Sie hatte schon eine ganze Reihe Jobs gehabt, alle im Reinigungsbereich. Sie war alles andere als blöd, aber das sollten die Leute nicht unbedingt mitbekommen. Einmal hatte sie sich um eine Stelle in einem großen Kaufhaus beworben. Zwei saßen ihr gegenüber, ein Mann und eine Frau, beide von einer ehrlichen Freundlichkeit, beide elegant dunkel gekleidet. Ins Formular hatte sie geschrieben, ihre Vorliebe sei die Kosmetikabteilung. Sie hatte sich nur zum Spaß beworben, um den Ausdruck auf ihren Gesichtern zu sehen. Sie waren sehr höflich und ließen sich während des ganzen Gesprächs nichts anmerken. Sie fragten sie nach ihrer Berufserfahrung im Einzelhandel. Die gleich null war. Ebenso ihr Wissen über Make-up. Sie selber benutzte keins. Verbessern kann man schließlich nur, was verbessert werden kann. An diesem Tag hatte sie sich die Mühe gemacht. Sie gab ihnen Bestnoten, weil sie nicht gleich in schallendes Gelächter ausbrachen. Am Ende sagten sie, es gebe viele Bewerberinnen, und ihre mangelnde Berufserfahrung komme ihr nicht gerade zustatten. Sie sagte, sie wolle mit gutem Beispiel vorangehen und zeigen, dass man nicht zu sehr auf Make-up vertrauen sollte und dass es gewisse Probleme gebe bezüglich des Aussehens, die Make-up nicht lösen könne. »Die Leute müssen ihre Erwartungen in der richtigen Perspektive sehen«, war die Formulierung, die sie benutzte, denn so hatte sie es im Wartezimmer ihres Arztes in einer *Vogue* gelesen. Darauf nickten die beiden mehrmals weise, wahrscheinlich öfter, als sie es ursprünglich vorgehabt hatten. Sie wussten nicht so recht, ob sie sie nur auf den Arm nahm. Sie sagten, sie würden ihr ihre Entscheidung in einem Brief mitteilen. Es war ein ziemlich freundlicher Brief, sie drückten ihr Bedauern etc. aus und wünschten ihr viel Glück für ihre berufliche Zukunft. Sie beantwortete den Brief, um sich für das freundliche Gespräch zu bedanken. Es wäre ihr nur lieber gewesen, ihr Brief hätte ein wenig mehr Selbstsicherheit verströmt. Ihre alte Schreibmaschine hatte, wie alles andere, ihre Beschränkungen.

Sie war noch nicht bereit, ihre Mutter zu sehen, und es war ein wunderbarer Tag, um im Schatten der Bäume durch die Straßen zu schlendern. Putzjobs waren nicht uninteressant. Sie hätte ihrer Mutter gern erklärt, was sie daran interessierte, auch wenn sie wahrscheinlich dachte, Putzen sei das Beste, was sie sich erhoffen könne.

Einmal war sie Zeugin einer Testamentsabfassung geworden. Oder zweimal, um genau zu sein. Es geschah in der Allgemeinabteilung eines Krankenhauses. Sein Name war Edgar Wakefield, und sie plauderten ziemlich häufig miteinander. Bis auf seine Tochter, die einmal eines späten Nachmittags kam, hatte er nur eine einzige Besucherin, eine Frau, die ein richtiges Theater um ihn veranstaltete, immer sein Kissen aufschüttelte und seine Decke glatt strich und ihm Zeitschriften brachte. Sie beugte sich über sein Bett und redete leise mit ihm. Soweit sie das mitbekam, ging es um sein Haus, das für ihn in Ordnung gehalten wurde, und um seinen Garten. Genauer gesagt, das erzählte er ihr. »Eine dieser altmodischen Nachbarinnen«, nannte er sie. Einmal zeigte sie ihm etwas Erde unter den Fingernägeln, weil sie ihn wissen lassen wollte, dass sie das Unkraut jäte und es in diesem Jahr sehr viel Löwenzahn gebe. Elsie konnte den beiden nicht zu nahe rücken, aber sie versuchte immer, mit Lappen und Eimer im Zimmer zu sein, wenn die Frau kam, so regelmäßig wie das sprichwörtliche Uhrwerk. Edgar erzählte ihr, wie besonders freundlich und »aufmerksam« sie nach dem Tod seiner Frau gewesen sei. Ihr Ehemann ebenfalls, was ihnen »einiges an Gemeinsamkeit« verlieh. Er hatte ein Foto seiner Frau in einem Silberrahmen, das er auf seinem Nachtkästchen stehen hatte und sich oft auch mit dem Gesicht nach unten auf die Brust drückte. Wenn die Frau kam, versteckte er es. Sie strahlte etwas Gemütliches und Freundliches aus, was allerdings konterkariert wurde von der Forschheit, mit der sie ihn betütelte, und ihrem stets gleichen Lächeln.

Eines Tages kam die Frau mit einem Mann in einem eleganten Anzug, der sofort den Vorhang um Edgars Bett zuzog und ihn zehn Minuten später sehr vehement wieder aufriss. »Hätten Sie wohl die Güte, eine Unterschrift zu bezeugen?«, fragte er mit der überheblichen Stimme, die Leute benutzen, wenn sie zeigen wollen, was für perfekte Manieren sie haben. Edgar unterschrieb das Dokument, dann unterschrieb sie es. Der Mann schaute sich noch nach jemand anders um, und da die Dame mit dem Teewagen gerade vorbeiging, unterschrieb auch sie. Nun plötzlich änderte sich das Lächeln der Frau, und noch nie in ihrem Leben hatte Elsie einen Menschen gesehen, der so selbstgefällig aussah.

Tags darauf erzählte ihr Edgar, er habe sein Testament geändert. Es würde weiterhin ein bisschen was für seine Tochter übrig bleiben. Sie lebte sowieso weit weg, in Schottland, denn ihr Mann arbeitete in der Off-Shore-Ölindustrie. Sie hatte ihren Vater nur ein einziges Mal besucht und dabei sie angestarrt, bis sie sich schließlich mit ihrem Lappen und ihrem Eimer verdrückt hatte. »Wir sind uns nie sehr nahegestanden, und das meine ich völlig ernst«, erzählte Edgar ihr danach. »Sie kommt nicht weg von ihrer Familie, ganz da oben in Aberdeen. Vier Enkel. Zwei davon habe ich nie gesehen. Auf den Fotos sehen sie aus wie gute Kinder.«

Eine Woche danach wirkte er sorgenschwer und nicht so gesprächig. Er erzählte ihr, er hätte sich mit seiner Tochter zerstritten wegen ihres Verhaltens, bevor sie zur Ruhe kam und eine Familie gründete. Er sagte, jetzt sehe er ein, dass er unrecht gehabt habe. Wer rege sich denn jetzt noch auf über gefärbte Haare und Gesichtspiercing und zu kurze Röcke und ein paar Gläschen zu viel an einem Samstagabend oder sogar einen Autoklau für eine kurze Spritztour? Sie sei jetzt ein »geläuterter Charakter mit Kindern und allem«. Für Elsie war es eine der größten Freuden im Leben, dass die Leute manchmal wirklich gern mit ihr redeten, fast so freizügig wie in einem Selbstgespräch. Dann fragte er sie nach ihrer Meinung. Ob er das Richtige getan habe? Er wusste bereits, dass dem nicht so war, sonst hätte er nicht gefragt. Die Frau hatte aufgehört, jeden Nachmittag zu kommen. Elsie wusste, dass sie mehr spekulierte, als ihr guttat, dass sie Vermutungen über andere Leute anstellte, sich andere Welten erträumte. Aber die Weintrauben wurden kleiner, und die Zeitschriften sahen aus, als wären sie schon durch mehrere Hände gegangen. Vielleicht hatte sie sie aus dem Wartezimmer *ihres* Arztes geklaut. Schließlich kam es so weit, dass sie ein neues Testament für ihn tippte, in dem er seiner Tochter alles vererbte und Mrs. Betty

Stiles für ihre Mühen zweitausend Pfund hinterließ. Sie bezeugte auch dieses Testament zusammen mit einer der Krankenschwestern und brachte es dann zu seiner Bank, zusammen mit einem Brief, in dem stand, es solle erst nach seinem Tod geöffnet werden. Er hielt sich den Zeigefinger an die Lippen und schenkte ihr ein großes Lächeln, als er ihr den Umschlag gab.

Es war sehr schön, als vertrauenswürdig betrachtet zu werden, denn es gab einem das Gefühl, das sei das Einzige, was Bedeutung hatte. Wenn sie nicht hässlich gewesen wäre und irgendwie neutral ausgesehen und vom Leben nichts erwartet hätte, wäre Edgars Testament womöglich nie geändert worden. Bevor sie abends einschlief, stellte sie sich manchmal diese Enkel in späteren Jahren vor, wie sie auf die Universität gingen und anfingen, Häuser zu kaufen, und in hübschen Autos herumfuhren und überhaupt nicht wussten, wem sie das alles zu verdanken hatten. Falls sie sie aufspüren und ihnen ins Gesicht sagen würde, was es mit dem Testament ihres Großvaters auf sich hatte, wären sie ihm gegenüber weniger dankbar und ihr gegenüber wegen ihres Aussehens überhaupt nicht, und vielleicht würden sie ihr Studium und andere Sachen gar nicht so genießen. Ihr gefiel einfach der Gedanke, dass sie wegen ihr zufriedener mit ihrem Leben waren, auch wenn sie einander überhaupt nicht kannten. Dabei konnte sie auch die Mutter dieser Kinder vergessen, die sich dem Krankenbett ihres Vaters erst näherte, als sie sich verdrückt hatte. Oft erinnerte sie sich an das Lächeln auf Edgars Gesicht, als er ihr den Umschlag gab. Sie wünschte sich, sie könnte ihrer Mutter einiges davon erzählen, was sie in ihrem Leben getan hatte. Sie wünschte sich, sie könnte Edgar Wakefield als Charakterzeugen aufrufen.

Die Sonne war verschwunden, und jetzt ging sie zurück zur Straße ihrer Mutter. Inzwischen lag alles im Schatten. Sie schaute immer zuerst zum Schreibtisch, ob dort das Hochzeitsfoto stand. Er hatte die Familie bereits kurz nach ihrer Geburt verlassen. Einmal hatte sie mitbekommen, wie ihre Mutter sagte, vielleicht sei es der Anblick seiner Tochter gewesen, der ihn davongejagt habe. Geoffrey war damals zehn. Auch er schämte sich seiner Schwester, aber er war immer nett zu ihr, nicht nur, wenn sonst niemand dabei war. Wenn nicht ihre Phantasie wieder mit ihr durchging, war es vielleicht gar nicht sie gewesen, deren Anblick ihr Vater nicht ertragen konnte. Vielleicht war es ihre Mutter gewesen. Wie auch immer, er hatte eine andere Frau gefunden. Keine Frau gab sich gern selber die Schuld dafür, dass ihr Mann sie verließ. Da kam die hässliche Tochter vielleicht gerade recht.

Ihre Mutter konnte am Kiesknirschen hören, wenn jemand kam. Einmal sagte sie: »Das ist aber heute nicht mein gewohnter Postbote«, als der noch kaum durch das Tor war. Und sie sagte immer: »Ich habe dich kommen gehört.« Einmal versuchte sie, längere Schritte zu machen, und einmal schlich sie so leise auf Zehenspitzen, wie sie nur konnte. Aber sie sagte genau dasselbe. Wie Edgar Wakefields Tochter lebte Geoffrey ziemlich weit weg. Ihre Mutter erzählte ihr mehr als einmal, dass sie nicht viel übrig habe für die Art von Frau, die er geheiratet habe. Sogar ihre Mutter erzählte ihr gern Sachen. Einmal nannte sie sie »hochnäsig«, ein anderes Mal »gewöhnlich«. Elsie wies sie nicht darauf hin, dass sie kaum beides gleichzeitig sein konnte. Man erwartete nicht von ihr, dass sie ihre Meinung sagte. Sonst hätte sie ihrer Mutter erwidert, alles habe womöglich damit angefangen, dass Geoffreys Frau sie nicht mochte.

Sie konnte nicht anders, als sich wieder zu fragen, ob der fette, faltige Hals ihrer Mutter es schwieriger machen würde, sie zu erdrosseln. An die Geräusche zu denken, die sie von sich geben würde, und wie sie ihre Vorstellung beeinträchtigen würden, dass Edgar Wakefields Enkel an einer der führenden Universitäten ihre Diplome erhielten und dabei diese Umhänge und die flachen Hüte mit den Quasten trugen. Edgar Wakefields Testament hatte sie ebenfalls auf den Gedanken gebracht, ihre Mutter zu erwürgen, wegen des Geldes, das sie dann bekäme. Sie könnte keinen Penny davon genießen, weil sie jedes Mal, wenn sie etwas kaufte, die letzten, gurgelnden Atemzüge ihrer Mutter hören würde. Sie würde sich das nicht vorstellen müssen, wenn jemand anders es täte, der Mann aus dem Bus zum Beispiel. Oder nicht so oft. Woher kamen nur diese grässlichen, grässlichen Gedanken? Wenn nur ihre Mutter nicht so oft den Kopf zurücklehnen und so viel von ihrem Hals zeigen würde ... Das Gurgeln und das Geräusch von Schritten auf einem Kiespfad ...

Sie öffnete das Tor und wäre beinahe wieder umgekehrt; sie konnte sich einfach nicht dazu bringen, auf diesen Kies zu treten. Es gab so viel mehr in ihrem Leben als nur solche Gedanken und Putzjobs. Von ihrem Zimmer in Willesden konnte sie in den Frühling hinausschauen und vier Gärten entfernt die Blüten eines Magnolienbaums sehen und kurz dahinter die eines Goldregens. In der Gegenrichtung stand eine hohe Maibirke, die sich an windigen Tagen schüttelte und schwankte wie ein Tänzer. Bald nach ihrem Einzug in diese Wohnung kaufte sie sich ein Buch über Bäume und Sträucher, damit sie die Gärten anderer Leute genießen konnte. Einen eigenen würde sie nie haben, erst nach dem Tod ihrer Mutter. Der Garten ihrer Mutter war nicht groß genug für Bäume. Wenn sie Bäume anschaute, war es, als würde sie versuchen, das Thema ihres Lebens zu ändern. Sie waren wunderschön. Aus demselben Grund schaute sie sich Gartensendungen an.

Schönheit war komisch. Sie hatte angefangen, mit dem Zug oder dem Bus zu diesen Landsitzen mit den wunderbaren Gärten zu fahren. Sie war Mitglied des National Trust geworden. Am letzten Samstag hatte sie auf einer weißen Bank gesessen und die Hummeln in einer langen Reihe von Lavendelbüschen beobachtet, wie sie schnell von Blüte zu Blüte flogen, als wüssten sie nicht so recht, wonach sie eigentlich suchten. Unzufrieden. Sie waren weg, als plötzlich Wind aufkam, und dann kehrten sie zurück. Immer noch in Eile, wie Einkaufende. Sie brach sich einen Lavendelzweig ab, zerdrückte ihn in der Hand und hielt ihn sich dann lange an die Nase. Zwei Frauen, die vorbeigingen, schauten sie an, als befürchteten sie, sie hätte Nasenbluten. Aber sie blieben nicht stehen.

In diesen wunderschönen Gärten schauten die Leute sie anders an. Einige lächelten sogar. Das geschah aus zwei Gründen. Ungefähr die Hälfte war einfach froh, sie dort zu sehen, froh, dass sie fähig war, Vergnügen bei der Betrachtung von schönen Dingen zu empfinden und sich selbst zu vergessen, froh auch, dass Gärten allen Menschen ohne jede Ausnahme Freude und Ablenkung schenkten. Die andere Hälfte lächelte, wie sie jedem zulächeln würde, der ihr Vergnügen teilte, ohne weiter darüber nachzudenken. Bei genauer Betrachtung gab es bei weitem nicht so viele von Letzteren, die nicht auch hier noch Mitleid mit ihr hatten oder sich auf die Schulter klopften, weil sie versucht hatten, sie aufzumuntern. Die Mehrheit schaute sie nur kurz an, als wäre sie so unvereinbar mit all der Schönheit ringsumher, dass sie eigentlich gar nicht hier sein dürfte. Sie schauten dann sehr schnell wieder weg, vor allem in Gärten mit einer überdeutlich ins Auge springenden Schönheit. An sie wollten sie sich nicht unbedingt erinnern, wenn der Tag vorüber war und sie in ihren Lehnsesseln saßen und tranken, was immer sie tranken, jene Leute, die Gärten des National Trust besuchten, sich dann über den Tag unterhielten, den sie umgeben von einer solchen Vielzahl von Farben und Formen erlebt hatten, und mit keinem Wort diese Kreatur erwähnten, die sie den Lavendel hatten anstarren sehen. Wenigstens schuf sie einen Kontrast für sie, machte die Gärten noch schöner. Sie war sich nicht sicher, ob die Leute wirklich so dachten.

Eines Nachmittags sah sie in einem Garten ein totes Eichhörnchen, auf dem es vor Ameisen und auch Schmeißfliegen wimmelte. Sie konnte nicht anders, sie musste noch lange Zeit an dieses Erlebnis zurückdenken, auch wenn es ein Tag gewesen war, an dem die Rhododendren in ihrer schönsten Blüte standen. Sie konnte sich nichts vorstellen, was die Erinnerung an ein totes Eichhörnchen besser auslöschte. Bei ihren Gartenbesuchen bemühte sie sich, unauffällig zu bleiben. Sie setzte sich nicht ins Café, schlich höchstens um die Ecke eines Kiosks und kaufte sich ein Eis, wenn gerade keine Schlange anstand. Den anderen den Spaß nicht zu verderben war das Mindeste, was sie tun konnte, wenn sie schon in anderer Hinsicht nichts Wesentliches zum Leben beitrug.

Die ersten Worte ihrer Mutter waren: »Ich habe dich kommen gehört.« Genau das hatte sie befürchtet, aber dann fügte sie hinzu: »Das sage ich immer, nicht? Wie langweilig von mir.« Sie gab sich an diesem Tag große Mühe, natürlich zu wirken, nicht so viel herumzulaufen, nicht ständig zwischendurch in die Küche zu gehen oder den Fernseher einzuschalten. Wie immer konnte sie den Gesichtsausdruck ihrer Mutter nicht so recht ergründen. Es hätte sogar Liebe darin sein können, aber es sah auch aus wie Scham. Wie immer fragte sie sich: Denkt sie manchmal, dass es besser gewesen wäre, ich wäre nie geboren worden? Um meinetwillen? Das Unglück, das es mir gebracht hat, weil ich so hässlich bin? Mehr als nach allem anderen sehnte sie sich danach, ihrer Mutter zu sagen, dass sie so etwas nicht denken sollte.

An diesem Tag erwähnte sie ihr Bein kein einziges Mal. Elsie erzählte ihr von ihrem Besuch in dem National-Trust-Garten, bei dem sie die Hummeln im Lavendel beobachtet hatte. Und ihre Mutter gab ihr fünfhundert Pfund und meinte, sie müsse diese Gärten so oft besuchen, wie sie nur wolle. Als sie wieder ging, saß auf der Bank an der Bushaltestelle ein Mann, der sein Gesicht hinter einer Zeitung versteckte. Die scharfen Bügelfalten in der Hose und die polierten Schuhe brachten sie auf den Gedanken, ob es vielleicht der Mann war, den sie im Bus kennengelernt hatte. Sie hätte nie diesen Blödsinn sagen dürfen, dass sie manchmal ihre Mutter umbringen wolle. Und dieser Scheck über fünfhundert Pfund! Und dass sie ihr sagte, sie solle sich selber ein wenig verwöhnen. In ihrer kleinen Wohnung war kein Platz mehr für irgendwelche Sachen. Sie hatte alles, was sie wirklich brauchte. Anfangs war ihre Mutter erstaunt gewesen, als sie ihr erzählte, sie sei Mitglied im National Trust geworden. Dann war ihr ein Ausdruck des Glücks übers Gesicht gehuscht. Als hätte ihre Tochter nun endlich ein Lebensziel gefunden. »In einem schönen Garten ist es egal, wie man aussieht«, hatte sie ihrer Mutter gesagt. Es war, als wäre die Scham aus den Augen ihrer Mutter gewichen, als fragte sie sich nun nicht mehr, ob es besser wäre, wenn sie nie geboren worden wäre.

Am Ende stellte sie ihr die Frage, die sie ihrem Vater vor vier Jahren gestellt hatte, bei ihrer ersten und einzigen Begegnung.

»Warum hat unser Vater uns verlassen? War es wegen mir?«

Ihre Mutter schaute sie länger an als je zuvor. So als wäre sie es, die auf die Antwort wartete, obwohl sie immer eine parat hatte. Sie lauschte dem Klang ihrer eigenen Worte.

»Nein, es war nicht wegen dir, Elsie. Er hatte eine Frau gefunden, die er mehr mochte.«

»Eine ohne Kinder?«

»Ja.«

»Hätte er sowieso nach einer anderen gesucht?«

»Ich glaube schon.«

»Was hat ihm an dir nicht gepasst?«

Aber sie zuckte nur die Achseln und lächelte dünn und ging in die Küche, obwohl sie dort nichts zu tun hatte. Elsie faltete den Scheck zusammen und steckte ihn in ihre Handtasche. Sie hatte ihre Mutter noch nie so geliebt wie in diesem Augenblick.

III

Da war diese blöde, verdammt hässliche Kuh im Bus. Schaute ihn die ganze Zeit an, als erwartete sie eine Unterhaltung. Um ihr das Maul zu stopfen, erzählte er ihr, er sei eben aus dem Knast gekommen, weil er jemanden umgebracht habe. Sie wollte sich so unbedingt unterhalten, dass sie sagte, manchmal wolle sie ihre Mutter umbringen. »Das wären dann zehntausend Pfund«, erwiderte er nicht. Sagte ihr einfach, sie solle ihn am Arsch lecken. Wenn er aussah wie ein Exknacki, dann deshalb, weil er einer war. Es stimmte auch, dass er jemand umgebracht hatte. Er sollte sich einen Freiluftjob in den städtischen Gärten besorgen, damit er ein bisschen Farbe auf die Wangen bekam. In diesem gottverdammten Lagerhaus gab es überhaupt kein natürliches Licht. Von den Scheißhebeln des Gabelstaplers bekam er Rückenschmerzen. Gut aussehen, was immer das im Augenblick hieß, oder auf jeden Fall anders war keine wirkliche Option. Er sah sich einfach nicht mit Spaten oder Hacke in der Hand oder beim Zusammenrechen von toten Scheißblättern. Er wünschte sich, er hätte sich beim Denken nicht diese Wörter angewöhnt, die seine Mutter so hasste – Scheiß dies und verdammt das. Vielleicht könnte er eines Tages wieder so werden, wie er mal war, als sie stolz auf ihn war und ihm sagte, er solle sich nicht mit Leuten abgeben, die nicht auf ihre Sprache achteten, als könnten sie sich keine vernünftigen eigenen Gedanken machen.

Allerdings folgte er dieser hässlichen Kuh. Er wusste nicht, warum. Aber er tat es. Er hatte sonst nichts zu tun. Er hatte angefangen, sich zu überlegen, was für ein Leben so eine Missgeburt haben könnte. Einfach nur neugierig sein fühlte sich an wie etwas, wofür es sich zu leben lohnte. Hatte ihr offensichtlich eine Heidenangst eingejagt. Sie schaute sich immer wieder um, ob er sie verfolgte. Er ging auf die andere Straßenseite, wo Leute sich vor einem Laden drängten, deshalb entdeckte sie ihn nicht. Kurz, wie sie war, watschelte sie mit ihren Stummelbeinen wie eine Ente. Sie hielt sich immer im Schatten. Als sie an dem Haus ankam, musste er sich hinter ein Auto ducken, weil sie sich so plötzlich umdrehte. Er hörte das Knirschen ihrer Schritte auf dem Kies. Sie blieb nicht lange dort, und er setzte sich inzwischen auf die Bank an der Bushaltestelle. Als sie wieder ging, hätte man meinen können, sie wäre aufgeregt, aber bei so einem Gesicht konnte man das nicht wirklich sagen. Sie hatte es ziemlich eilig, als wären die Kieselsteine heiße Kohlen. Vielleicht hatte sie ihre Mutter selber um die Ecke gebracht, also würde sie ihn doch nicht brauchen. Dann kam die Frau heraus – wieder Kiesknirschen. Sie überquerte die Straße zur Bushaltestelle, deshalb konnte er sie sich in Ruhe anschauen. Sie hatte diese strenge, mürrische Miene, die alte Frauen manchmal haben. War daran gewöhnt, ihren Willen durchzusetzen. Kein Wunder, bei so einer Tochter.

Er stieg von hinten ins Haus ein, kein Problem, und klaute fünfzig Pfund aus einer Handtasche, die einfach so herumlag. Das und einige Silbersachen, die ein paar Scheine bringen würden: ein Hochzeitsfoto in einem Silberrahmen, ein paar Kerzenhalter, zwei Kännchen, eine Zuckerdose. Nichts, was sie nicht verschmerzen konnte, nach dem neuen Digitalfernseher und der Einrichtung generell zu urteilen. Rote Samtvorhänge verrieten normalerweise, was Sache war. Solche Leute hatten meistens Unmengen von Hochzeitsfotos in Lederalben, also müsste sie sich nur einen anderen Rahmen besorgen …

Seit er draußen war, hatte er ein paar Jobs mit Frank gemacht, den er drinnen kennengelernt hatte. Er war nicht immer ein Dieb gewesen. Das machte der Knast aus einem. Man verlor seinen Stolz – hier sind wir, und der Rest kann uns mal. Es gab das Gefühl für richtig und falsch nicht mehr. Von Anfang an hatte seine Mutter ihm gesagt: »Denk immer daran. Es gibt richtig und es gibt falsch.« Frank rief an, kaum dass er draußen war, und er dachte sich: Scheiße, warum eigentlich nicht? Wer war er denn überhaupt? Ein Mörder und ein Exknacki. Abschaum. Gesindel. Das Übliche. Er enttäuschte seine Mutter, das war alles. Irgendwann würde er damit wieder aufhören. Von Badgers Geld war noch immer was übrig. Und dann war noch das, was man Vitamin B nannte. Nach fünfzehn Jahren drinnen brauchte man vor allem Vitamin B. Frank war der Einzige, mit dem er wirklich gut auskam. Verdammter Cockney. Hörte nie auf zu reden. Er würde nur Jobs übernehmen, wenn er Lust dazu hatte. Frank redete nie drüber, warum er drin war. »Du wirst der Öffentlichkeit einen Dienst erweisen, Stanley«, hatte Badger zu ihm gesagt. Frank würde herzlich darüber lachen.

Die anderen kümmerten sich nicht um ihn, so wie er immer für sich blieb, immer den Kopf gesenkt hielt. Sie konnten mit ihm nichts anfangen. Bis er Frank kennenlernte, konnte er mit sich selber kaum was anfangen. Mit Drogen wollte er nichts zu tun haben. Wenn seine Mutter ihn besuchte, sagte sie manchmal beim Abschied: »Dass du mir nicht in Schwierigkeiten gerätst, Stan. An solchen Orten trifft man wirklich schlechte Menschen.« Genau so hatte sie auch mit ihm geredet, als er noch ein kleiner Junge war.

Er konnte ihn jetzt vor sich sehen, Badger Brandon, wie er in diesem Zimmer im Admiral Nelson an diesem Tisch saß, die Wangen aufgebläht, als müsste er gleich kotzen. Er konnte diese auf vornehm gemachte Stimme hören und seine verquere Ausdrucksweise, als wäre es erst gestern gewesen. Er konnte die Juwelen in den Ringen an seinen Fingern sehen, die auf seinem Bauch und der goldenen Krawattennadel ruhten.

»Ich habe viel Gutes über dich gehört, mein junger Stanley«, sagte er sehr langsam und kaum vernehmbar flüsternd.

Er hatte nichts getan. Hatte nur einen Transporter nach Frankreich gefahren, um einem Kumpel einen Gefallen zu tun. Keine Ahnung, was in den Päckchen war, die sie zurückbrachten. Und dann noch einmal, und jedes Mal bekam er fünfhundert in einem schicken weißen Umschlag. Also hatte er nichts gesagt.

»Nimm Platz, mach es dir bequem.«

Der Mann, der hinter ihm stand, rückte ihm mit einer halben Verbeugung einen Stuhl zurecht, als wäre er ein VIP. Badger zündete sich eine Zigarre an, zog daran und blies im Reden den Rauch aus. Seine Wangen fielen ein und blähten sich wie ein Ballon, der aufgeblasen wurde. Er fragte ihn, ob er zufällig schon etwas von den Boyd-Brüdern gehört habe, Ginger und Johnny. Er nickte. Es hatte Gerüchte gegeben über Revierstreitigkeiten auf der anderen Seite der Stadt. Eine Leiche war gefunden worden. Ein paar Messerstechereien.

»Nun, Stanley, mein Freund, um es kurz zu machen, ich musste erkennen, dass die Boyd-Brüder den Anforderungen nicht mehr genügen, vor allem Ginger.«

Der Mann griff in seine Tasche und legte einen Revolver auf den Tisch. Er schüttelte den Kopf. Er wollte sagen, dass er so etwas nie würde tun können, und deshalb begann er: »Tut mir leid, Mr. Brandon, ich …«

Badger hob die Hände und bewegte die Finger, wie um die Ringe funkeln zu lassen. Jetzt flüsterte er nicht mehr. »Betrachte es auf diese Art, Stanley. Du wirst der Öffentlichkeit einen Dienst erweisen.« Er versuchte zu unterbrechen, doch Badger hob nur die rechte Hand. »Weißt du, Stanley, ich sehe das folgendermaßen. Du bist eine unbekannte Größe. Und was ebenfalls zu bedenken ist, ist der Vorteil für deine geschätzte Person. Fünfzehntausend. Ich habe gehört, du hast eine ganz reizende Mutter. Du könntest sie ein wenig verwöhnen.« Die Hände bewegten sich nicht mehr, blieben aber in der Luft, so dass es aussah wie eine Unterwerfungsgeste. Dann legte er die Zigarre ab. »Es würde mich sehr freuen, wenn du das für mich tust, Stanley, weißt du, das würde mich wirklich freuen.«

Er schüttelte noch immer den Kopf. Der Mann schob ihm die Waffe zu.

Plötzlich waren die blumigen Wörter verschwunden. Badger fixierte ihn. »Folge den Anweisungen. Zeit und Ort. Verstanden, Stanley?«

Er nickte. Badger stand auf. »Wir bleiben in Kontakt.«

Er streckte ihm die ringbeladene Hand entgegen. Dieses letzte Lächeln würde er nie vergessen, die glänzend weißen Zähne und seine Augen. Sie waren nicht hart oder grausam. Sie wirkten amüsiert, beinahe sanft. »Du bist ein guter Junge, Stanley. Ich hoffe, du bist dir dessen bewusst.«

Schließlich nahm Badger die Waffe vom Tisch, steckte sie in Stans Jackentasche und klopfte darauf, als wäre sie ein Geschenk.

Auf dem Parkplatz wurde es langsam dunkel. Ginger war dorthin bestellt worden, um ein Geschäft abzuschließen, wie er vermutete. Vier Tage später wurde er verhaftet. Er war noch nicht einmal die Waffe losgeworden. In der Untersuchungshaft hatte er gehört, dass Badger ihn einen verdammten, blöden kleinen Trottel genannt hatte. Aber was das Geld anging, hatte er zu seinem Wort gestanden.

Er konnte nie vergessen, wie Johnny Boyd die Hand über die Kehle zog, als er an diesem Tag das Gericht verließ. Und die Nachricht, die man ihm zuspielte in der Woche, bevor er entlassen wurde. *Genieße es, solange du noch kannst, du Arschloch.* Er hoffte, es würde schnell gehen. Manchmal dachte er, wenn seine Mutter nicht wäre, dann wäre es eigentlich gar nicht schade um ihn, nichtsnutziger Feigling, der er war.

Im Lagerhaus wussten sie nicht, dass er ein Exknacki war. Es war alles im Norden passiert. Auch die Frau wusste es nicht, die er, zwei Tage nachdem er nach London gekommen war, kennengelernt hatte. Ab und zu klaute er, damit er sie ein bisschen verwöhnen konnte. Das redete er sich zumindest ein. Eigentlich tat er nichts, außer Frank zu helfen, indem er seinen Transporter fuhr. Schmiere stehen und so. Zehn Prozent waren nicht schlecht. Das Gute an Frank war, dass er vorsichtig war, ein echter Profi, und nicht mehr im ganz großen Geschäft. »Juwelen in Mayfair! Das waren damals noch Zeiten«, sagte er. »Und es waren die Zeiten, für die ich gesessen habe. Halt dich an die einfachen Sachen, Stan, das rate ich dir.«

Die Frau hatte ein kleines Mädchen. Der Vater besuchte sie, wann er gerade Lust hatte, deshalb konnte er nicht zu oft über Nacht bleiben. Der Mistkerl hatte sie verlassen und das alles, aber seiner Meinung nach war sie immer noch gut für einen schnellen Fick, nur um der alten Zeiten willen. Es machte ihm nichts aus, dass sie einen anderen hatte. Er kam einfach und blieb da und wartete auf seine Nummer, und Stan ging. Kräftiger Kerl. »Tschüs«, sagte Sherrill, als wäre er nur gekommen, um den Stromzähler abzulesen. Wenn die Luft rein war, hätte er gut der einzige Mann auf der Welt sein können, so wie sie sich aufführte.

Er versuchte, ihr das Leben angenehm zu machen. Das zusätzliche Geld käme ihr sehr gelegen, meinte sie, gibt's da noch mehr, wo das herkommt? Er bekam vierzig Pfund für den Silberrahmen und noch einmal hundert für das restliche Silber. An diesem Abend nahm sie ihn richtig her. »Du kannst nicht sagen, dass du nichts bekommst für dein Geld«, sagte sie. Ihr Kerl kam sehr spät abends und halb betrunken, deshalb verdrückte er sich bald. Ziemlich sicher würde sie ihn in dieser Nacht endgültig zum Teufel schicken, so dass es ihm das blöde Grinsen aus dem Gesicht wischte. Als er ging, zwinkerte sie ihm zu. Normalerweise würde sie sich das nicht trauen.

Er sagte ein paar stille Worte des Danks an die hässliche Kuh aus dem Bus, weil sie ihm die beste Nummer seines Lebens verschafft hatte. Das war diese beschissene Art des Denkens, die er im Gefängnis gelernt hatte. Vielleicht würde er sie wieder einmal treffen, denn mit diesem Bus fuhr er oft vom Lagerhaus nach Hause. Vielleicht bot sie ihm beim nächsten Mal zehntausend an, damit er ihre Mutter umbrachte. Auch wenn er ein elender Scheißkerl war, so etwas würde er niemandem antun, vor allem einer Frau nicht, die so traurig aussah. Keinem Fremden. Geld war nicht alles, oder? Das sagten ihm die Leute bei diesen beschissenen, nutzlosen Resozialisierungskursen zumindest dauernd. Allerdings, wenn er auch nur halb so aussehen würde wie diese Frau im Bus, dann hätte er wahrscheinlich nicht besonders viel Liebe in sich. Er würde dann vielleicht sogar mit völlig Fremden reden und ihnen erzählen, dass er seine Mutter nicht ausstehen konnte.

Wenn er seine Mutter besuchte, erzählte er ihr natürlich nicht, dass er nebenher ein bisschen klaute. Seine Mutter hatte ein liebendes Herz. Ein bisschen einfältig, um ehrlich zu sein. Sie würde nie verstehen, wie jemand so denken konnte. Es gefiel ihr nicht, dass er getötet hatte und dann dorthin kam, wo er all die Jahre verbracht hatte. Aber sogar sie sagte, dass es um diesen Boyd nicht schade sei, vermutlich, damit er sich besser fühlte. Es war gegen ihre Natur. Das sagte sie nur, weil er sich bereits ziemlich beschissen fühlte. Etwas tun zu wollen, damit er sich besser fühlte, war nicht gegen ihre Natur. Sie sagte nie »Ich liebe dich«, wie es zu der Zeit jeder sagte. Das brauchte sie nicht. Sie hätte keinen Sinn darin gesehen. Er besuchte sie gern und schaute gern mit ihr fern. Egal, was gerade lief. Sie schaute sich alles an, sogar Golf. Ihren »treuen Gefährten« nannte sie den Kasten.

Frank erzählte er nichts von dem Fotorahmen und den anderen Silbersachen aus dem Haus dieser Frau. Es wäre ihm auch ziemlich egal, wenn er nebenher ein paar Dinger drehte. Um mal ehrlich zu sein. Allerdings ging ihm schon die

Frage durch den Kopf, was er getan hätte, wenn diese hässliche Schlampe ihm fünfzigtausend angeboten hätte, damit er ihre Mutter umbrachte. Ganz leicht reinzukommen. Sie würden ihn nie kriegen. Es gab ja keine Verbindung. Er stellte sich vor, dass er es tat und sich dabei einredete, es geschehe ihr nur recht, weil sie ihre Tochter so beschissen behandelte. Es ging ihm nur durch den Kopf, nicht mehr. Man hatte eben so seine Gedanken. Man konnte nichts dagegen tun, wenn man keine Selbstachtung hatte, wie es so schön hieß.

Nachdem er Ginger die Kugel in den Kopf gejagt hatte, schaute er ihm nicht mehr ins Gesicht. Er konnte sich nur noch an seinen perfekten Haarschnitt erinnern und an den frischen, weißen Kragen im verlöschenden Tageslicht, kurz bevor die Lampen auf dem Parkplatz angingen. Wie frisch aus der Verpackung, dieses Hemd. Das Bild kam immer wieder, nicht gerade als Schreckgespenst, aber an den Hinterkopf einer alten Frau, an die ordentlichen Locken frisch nach einem Friseurbesuch würde er sich nicht erinnern wollen. Eine alte Frau. Natürlich würde er es nicht tun. Er meinte das alles nicht ernst. Eine regelmäßige Arbeit und ein bisschen Klauen für die Frau und ihre Kleine, das war okay. Bei Ginger hatte er keine andere Wahl gehabt. Irgendwer würde sich schon bald dafür rächen. Seine Gedanken drehten sich im Kreis und führten nirgendwohin. Hätte er auch gar nicht erwartet, blöder, nutzloser Mistkerl, der er war und der nur darauf wartete, dass Johnny Boyd ihm den Garaus machte.

»Nicht schade um ihn.« Sie sagte es nur einmal, so dass er sie kaum verstehen konnte. Als sie ihn besuchte, fragte sie ihn nie deswegen aus, damit er nicht auf den Gedanken kam, sie verurteile ihn. Nur vor Gericht hatte er gesagt, er sei schuldig im Sinne der Anklage. Ihr musste er sonst nichts sagen. Genauso gut hätte er von ihr verlangen können, sich für oder gegen ihn zu entscheiden, wo er doch alles war, was sie hatte.

IV

Das Hochzeitsfoto hatte sie nur auf den Schreibtisch gestellt für den Fall, dass Elsie es sehen wollte. Von ihr aus konnten sie es ruhig behalten. Und ebenso die Kerzenhalter und das andere Zeugs, das Henry ihrem Teil des Erbes zugerechnet hatte. Wann zündete sie schon Kerzen an? Wann hatte sie es je getan? Das Geld von der Versicherung war ihr lieber.

Diesmal hatte sie Elsies Besuch fast genossen. Dass sie endlich über ihren Vater gesprochen hatte. Wenn ihr nur diese langen Jahre aufmerksamer Mutterschaft nicht die Liebe ausgetrieben hätten. Vielleicht kamen einige Menschen mit mehr Liebe als andere auf die Welt. Anscheinend hatte sie Dinge gesagt, die sie nicht hätte sagen sollen. Elsie hätte nie auf den Gedanken kommen dürfen, dass sie der Grund war, warum Robert wegging. Er hatte eine andere Frau gefunden, die ihm besser gefiel, das war alles. Mehr steckte nicht dahinter, auch wenn es Elsie schwerfiel, das zu glauben. Besser im Bett, so einfach war das. Sie hatte sie zweimal getroffen. So gewöhnlich, wie es nur ging, aber mit einem drallen Körper, von dem man einfach träumen musste, und die Lippen geöffnet und ein bisschen vorgestreckt, als erwarte sie einen Kuss. Sie hatte nie zu irgendjemandem gesagt: »Ich weiß nicht, was Robert an ihr findet.«

Na ja, wenigstens hatte sie Geoffrey. Wenn er nur nicht so weit weg leben würde und wenn sie und Susan sich nur gegenseitig ein wenig mehr ausstehen könnten. Sie hatte keine Idee, warum sie sich nicht mochten. Er hatte sich für Elsie eingesetzt, aber da er zehn Jahre älter war, musste er es nicht lange tun. Er war mit ihr in den Park oder zum Einkaufen gegangen. Es gab ein paar, die hinter ihrem Rücken Grimassen schnitten. Oder kicherten ... Natürlich hatte Elsie ihnen nur das Gefühl gegeben, sie hätten Glück gehabt, nicht so auf die Welt gekommen zu sein. Wegen ihr hatten sich die anderen Mädchen hübscher gefühlt. Elsie hatte es geliebt, mit Geoffrey auszugehen. Sie wurde dann immer ganz aufgeregt, und einmal machte sie sich sogar in die Hose. Sie hatte dieses gurgelnde Kichern gehabt, bei dem sie immer aussah wie eine Geistesgestörte. Was sie natürlich absolut nicht war. Ein- oder zweimal hatte sie gesehen, wie sie vor dem Spiegel lächelte oder andere Mienen ausprobierte, und dann hatte sie gelernt, das alles nicht mehr zu machen. Man konnte nie auch nur vermuten, was sie dachte. Stundenlang hatte sie in ihrem Zimmer gelesen, allein. Sie liebte schöne Dinge, und manchmal zeigte sie auf Blumen, die andere Kinder einfach nur langweilig fanden. Wenn Elsie kam, sorgte sie immer dafür, dass Blumen im Haus waren, weil sie sie so sehr liebte. Immer sagte sie, wie wunderschön sie seien, und sie berührte sie, als müsste sie sich versichern, dass sie echt waren.

An dem Tag, an dem das Hochzeitsfoto gestohlen wurde, war sie bei Gladys. Es waren dieselben öden Leute dort wie immer. Sie hatten das übliche Händchenhalten veranstaltet, aber an diesem Tag gab es keine Geister. Kein Arthur mit seinen gesegneten Geranien. Es klappte sowieso selten. Sie versuchten es ja nur zum Spaß, wie man so schön sagte. Hauptsächlich trafen sie sich, um Bridge zu spielen. Wenn es zu viele waren, strickte oder nähte die überzählige Frau und beteiligte sich an dem Schwatz, oder sie wechselten durch. Eigentlich sollte es ja nett sein, gute Freundinnen zu haben, die sich gegenseitig nach den Lieben erkundigten. Sie hatte ihnen erzählt, Elsie habe eine gute, regelmäßige Arbeit, was sie immer hatte, aber nicht immer dieselbe. Aber das war's schon. Kein Wort über bevorstehende Hochzeiten oder Kinder oder lästige Verpflichtungen. Sie sprachen von ihren Lieben mit Stolz, aber es lag auch eine gewisse Müdigkeit darin. Weil man sich schon so lange kannte und wegen der Enttäuschungen, die es gegeben hatte, der Frustration unerfüllter Hoffnungen. Es war schwer, nicht zu grinsen, wenn man sich nach dem und dem oder der und der erkundigte und immer ein Seufzen kam, bevor sie antworteten. Alle waren sie inzwischen aus dem Haus und führten ihr eigenes Leben. Man konnte es ihnen kaum zum Vorwurf machen. Sie waren nicht sehr oft in den Gedanken ihrer Lieben. Und wenn doch, dann konnte man sich auch dort Seufzer vorstellen. Inzwischen erkundigten sie sich überhaupt nicht mehr nach Elsie, weil ihr Seufzen das lauteste von allen war, auch wenn die anderen es nicht hören konnten. Arme Elsie. Wenn sie wüsste, wie viel

Mitleid und Zurückhaltung es wegen ihr gab. Allerdings, wahrscheinlich wusste sie das sogar. Ihr Gesicht zeigte nie, wie sehr sie sie liebte oder hasste oder eben nicht.

Die anderen wussten, wie wohlhabend sie war. So wie sie sie anschauten, könnte man meinen, es sei ihre Schuld, dass sie nach dem Tod ihres Vaters etwas geerbt hatte. Es gab die Kommentare über *freistehende* Häuser und Auffahrten. Jedes Mal, wenn sie das Kiesknirschen hörte, musste sie an ihre »kleine Gruppe« denken. Sie gab sich immer Mühe, weniger gut Bridge zu spielen, als es tatsächlich der Fall war, besser nämlich als alle zusammen. Sie ließ sich von ihnen necken, aber darin lag nicht dieselbe Heiterkeit, mit der die anderen geneckt wurden. Es gab viele Gespräche darüber, wie teuer heutzutage alles war, dazu Blicke in ihre Richtung, die besagten, dass das einigen ja wohl nicht so viel ausmache. Sie konnte ihnen kaum verschweigen, dass sie hin und wieder Kreuzfahrten machte, und natürlich sahen sie, wie oft sie sich die Haare machen ließ. An diesem Vormittag hatte Ethel Wainwright gesagt, sie glaube nicht, dass sie und ihr Mann sich dieses Jahr noch einmal Torquay leisten könnten, so wie die Preise explodiert seien. Ihr Ehemann war Invalide. Wahrscheinlich war er gar nicht so verkrüppelt, wie sie sie glauben machen wollte, »sich abplagen« war einer ihrer Lieblingsbegriffe. Sie wussten, dass Dorothys Mann sie verlassen hatte. Zu irgendeinem Zeitpunkt hatten sie alle Elsie einmal gesehen. Wegen Elsie hatten sie Mitleid mit ihr, und deshalb machte es ihnen nicht gar so viel aus, dass sie reicher war als sie.

Sie hatte keine Ahnung, ob sie dachten, dass sie Elsie vielleicht mehr Liebe und Unterstützung hätte geben sollen. Als sie ihnen erzählte, dass sie eine einwöchige Schiffsreise auf dem Nil gemacht habe, hatte Mary Crayshaw, während sie mit einer ihrer typischen Gesten und einem Grunzen einen Stich machte, sie so beiläufig wie möglich gefragt, ob sie denn Elsie mitgenommen habe. »Diesmal nicht«, hatte sie erwidert.

Sie leistete wohltätige Arbeit, wo eine gewisse Form der Liebe weniger unsicher war. Da waren die drei Vormittage pro Woche im Oxfam-Laden. Für Scope verkaufte sie Tombolalose, und oft konnte man sie mit der einen oder anderen Sammelbüchse vor Tesco's stehen sehen. Bei ihren Bridge-Nachmittagen konnte sie darüber nicht reden, weil sie dann glauben würden, sie wollte sich brüsten, was für ein guter Mensch sie sei, und soweit sie das wusste, taten die anderen rein gar nichts in dieser Richtung. Sie hatten Enkel und Gärten (kleinere als der ihre, wie sie ihr immer wieder in Erinnerung riefen, und deshalb keinen Gärtner erfordernd), und sie würden sich nie »auch unter Aufbietung aller Phantasie als Damen der Muße betrachten«. Sie hatten sie in dem Laden und mit den Sammelbüchsen in der Hand gesehen. »Tust du mal wieder Gutes«, sagten sie dann vielleicht oder: »Die Zeit hätte ich auch gern.« Wenn eine tatsächlich einmal sagen würde: »Für einige ist das ja ganz okay«, würde sie nie wieder in den Bridge-Club gehen. Aber wahrscheinlich würde sie es trotzdem tun. Ohne wäre sie einfach einsamer. Kreuzfahrten waren nicht dasselbe. Schließlich sah man die Leute nie mehr im Leben; nicht, wenn man es irgendwie verhindern konnte, hätte man insgeheim oft gern hinzugefügt. Leute zu mögen, die man nicht mögen würde, wenn man nicht müsste. Manchmal hörte sie sogar ihre innere Stimme sagen: »Ich hasse diese Leute.« Aber im Großen und Ganzen waren sie recht nett zu ihr und nahmen sie freundlich auf. Wenn Elsie nicht gewesen wäre, wäre es nicht dasselbe.

Wenn Gladys eine ihrer Séancen veranstaltete, zogen sie die Vorhänge zu und fassten sich an den Händen, und Gladys versuchte, jemanden zu rufen, normalerweise Mavis' Mann. Tatsächlich war es immer Mavis, die sie bat, einen Versuch zu wagen, und es war immer Arthur, den sie irgendwann im Verlauf der Sitzung anrufen mussten. Nach der Art zu urteilen, wie Mavis darüber sprach, Arthurs Präsenz zu spüren, kam Dorothy unwillkürlich der Gedanke, dass er verdammt noch mal selber in der Lage sein sollte, ihre Geranien zu sehen. Manchmal legten sie die Buchstaben des Alphabets in einen Kreis, mit »Ja« und »Nein« oben und unten. Dann legten sie alle einen Finger auf ein umgedrehtes Glas, und Gladys fragte: »Ist irgendjemand da?« Irgendwann kamen sie sogar so weit, dass das Glas zu »Ja« wanderte und dann den Namen »Sydney« buchstabierte. Aber dann huschte das Glas zwischen Buchstaben hin und her, die keinen Sinn ergaben, außer wenn Sydney ein Türke oder sonst etwas gewesen wäre. Nach einer Weile war es ziemlich ermüdend, den Finger auf dem Glas zu halten. Sie hatten noch ein paar andere Wörter bekommen, mit

Rechtschreibfehlern. Das Beste bisher war eine Frau oder ein Mädchen mit dem Namen Kate gewesen, die »Mein wunderbarer Garten« sagte. Aber niemand kannte eine Kate mit oder ohne Interesse an Gärten …

Immerhin war es eine Abwechslung, trotz all der Enttäuschungen. Nur wenn sie Ouija machten, merkte Dorothy, dass sie sie nicht mochte, diese dümmlichen, konzentrierten Mienen auf ihren Gesichtern, das leise Seufzen und Kichern. Sie stellte sich dann vor, Elsie wäre dabei und würde in dem verdunkelten Zimmer plötzlich weniger hässlich wirken. Sie machte das Spiel mit, weil sie wollte, dass sie sie trotz ihres freistehendes Hauses und ihres Reichtums mochten. Wahrscheinlich fragten sie sich, warum sie sie nicht zu sich nach Hause oder im Sommer in den Garten einlud. Von ihr aus konnten sie sich das fragen, bis sie schwarz wurden.

Es war das tiefe Atmen, wenn sie versuchten, sich in Trance zu versetzen, was ihr auf die Nerven ging. Mavis hatte Probleme mit den Bronchien, deshalb wurde das Atmen von Zeit zu Zeit von einem Röcheln unterbrochen. Miteinander wirkten sie atemlos, als hätten sie Angst, es nicht bis zum Ende zu schaffen.

Eines Tages überredete Gladys Dorothy zu dem Versuch, mit ihrem Vater Kontakt aufzunehmen. »Vielleicht kennt er Arthur«, sagte sie. Sie konnte die laute, barsche Stimme ihres Vaters hören: »Ich würde vorschlagen, Miss Schnüfflerin, dass du dich um deinen eigenen Kram kümmerst.«

Als Gladys den Versuch schließlich aufgab, sagte Dorothy: »Vielleicht ist es ihnen lieber, wenn wir sie in Ruhe lassen.«

»Außer sie wollen nicht in Ruhe gelassen werden«, sagte Mabel, die noch nie versucht hatte, mit irgendjemand Kontakt aufzunehmen, die auch nie den Eindruck machte, als wollte sie es, so als würden die Toten nur ebenso viele Scherereien machen wie zuvor die Lebenden.

Schweigen entstand, es gab nichts mehr zu reden. Gladys nahm Dorothy übel, was sie gesagt hatte. Sie wischte sich Krumen von den Fingern und fragte: »Wie geht's denn deiner Elsie in letzter Zeit?«

Dorothy bückte sich zu ihrer Handtasche und tat so, als hätte sie nichts gehört.

»Ich muss dann mal los«, sagte sie. »Ich weiß nicht, ob ich es nächste Woche schaffe.«

Nie wieder, dachte sie sich. Dann fügte sie hinzu: »Ich werde den Tag mit meiner Tochter verbringen. Vielleicht könnte ich sie ja mitbringen? Sie würde sehr gern Bridgespielen lernen, und ich könnte ihr sagen, dass sie vielleicht ein Wort mit ihrem Großvater wechseln kann. Dann könnt ihr selbst sehen, wie es ihr geht.«

Darauf kam keine Reaktion, außer dass Mavis ansetzte: »Das wäre schö...« Sie hörte die Stimme ihres Vaters: »Nicht, wenn ich dabei was zu sagen habe, auf keinen Fall, verdammt noch mal.«

V

Liebe Dorothy,

ich muss sagen, ich war etwas erstaunt, Deinen Brief wegen des Cottage zu erhalten, in dem Du Deine Enttäuschung darüber ausdrückst, dass ich vorhabe, das Cottage ohne Deine Einwilligung zu verkaufen.
Es ist doch nun einmal so, dass, als unser Vater starb, sein Erbe uns zu gleichen Teilen hinterlassen wurde und wir übereinkamen, dass das Cottage meinem Anteil zugeschlagen würde. Die Tatsache, dass die Immobilienpreise in den letzten Jahren beträchtlich gestiegen sind, ist kein Faktor, den man ernsthafterweise berücksichtigen kann. Mein Anwalt sagte mir, dass die Rechtslage in dieser Hinsicht eindeutig ist. Und ich kann mich in der Tat noch deutlich daran erinnern, wie Vater gegen Ende zu sagte, das Cottage sei ein hübsches »Schlupfloch« für mich und Pru, da Du selbst ja kein großes Interesse am Landleben zu haben scheinst.

Ich akzeptiere natürlich, dass jetzt, da Geoffrey eigene Kinder hat, das Cottage auch für ihn von Vorteil sein könnte. Ich habe Dich ja wirklich mehr als einmal wissen lassen, wann es für ihn und seine junge Familie für eine Woche oder zwei zur Verfügung stehen würde, falls er uns rechtzeitig

Bescheid gibt. Dasselbe gilt natürlich auch für Elsie, obwohl ich mich nicht erinnern kann, dass Du mich je gebeten hast, sie ebenfalls zu berücksichtigen.

Es ist nun einmal so, dass wir jetzt daran arbeiten, das Cottage auf den Markt zu bringen. Ich bedaure, dass es Dir und den Deinen nicht mehr zur Verfügung stehen wird, aber unsere Entscheidung ist endgültig und eine Folge unserer Entscheidung, uns in Spanien eine kleine Immobilie zu kaufen. Sie befindet sich in einer reizenden, neu gebauten Anlage, die neben einem Golfplatz und nur fünf Meilen vom Meer entfernt liegt, und wir haben vor, mehrere Monate im Jahr und im Verlauf der Jahre vielleicht noch mehr Zeit dort zu verbringen.

Es versteht sich natürlich von selbst, dass wir hoffen, dass Du uns bei Gelegenheit dort einmal besuchst und bei uns wohnst. Es könnte schwieriger sein, Geoffrey (oder auch Elsie) dort unterzubringen, außer wir erhalten sehr frühzeitig Bescheid, da man auch nicht vergessen darf, dass wir die Wohnung hin und wieder vermieten werden, unter sehr strengen Bedingungen, wie ich wohl kaum hinzufügen muss, da wir sie so ausstatten werden, dass wir uns wie zu Hause fühlen, und deshalb alle zeitweiligen Mieter sehr sorgfältig ausgewählt werden müssen.

Ich hoffe, ich habe Deinen Brief zufriedenstellend beantwortet. Um unseres Vaters willen entschuldige ich mich für die Enttäuschung. Solche Entscheidungen sind nie einfach. Du wirst einen ähnlichen Trennungsschmerz erleben, solltest Du je beschließen, das Haus zu verlassen, das Du von Vater geerbt hast und in dem Du nun schon so lange wohnst (und das ebenfalls im Wert beträchtlich gestiegen ist).

Pru schickt Dir ebenfalls liebe Grüße. Ich erwarte nicht, in der nächsten Zeit in Deine Gegend zu kommen, aber vielleicht willst Du uns bald einmal besuchen.

Viele Grüße,
Henry

Damit sollte diese Geschichte ausgestanden sein, dachte er. Wie Pru fand er es »etwas dreist«, als Dorothy ihnen mitteilte, sie sei »enttäuscht« darüber, dass man sie, was den Verkauf des Hauses anging, nicht konsultiert hatte. Geoffrey hatte nur einmal angefragt, ob er das Cottage benützen dürfe, und er hatte ihm ziemlich deutlich klarmachen müssen, dass sie schon ein bisschen frühzeitiger Bescheid bräuchten und außerdem genau zu der Zeit eine Zentralheizung eingebaut werde. Er hatte nie wieder gefragt. Die arme, kleine Elsie hatte auch einmal gefragt, hatte aus heiterem Himmel einfach angerufen. Zuerst hatte er ihren cockneyfizierten Akzent gar nicht erkannt, und sie musste sagen: »Hier ist deine Nichte Elsie, Onkel Henry. Erinnerst du dich nicht mehr an mich?« Er hatte ein bisschen gezögert und musste sich dann ziemlich schnell entscheiden, als sie sagte, sie würde dort gern ein langes Wochenende verbringen, zusammen mit ein paar Freunden, mit denen sie in einer Schulküche arbeite. Er glaubte zumindest, dass sie »Schule« gesagt hatte. »Sie sind sehr anständig, Onkel Henry«, hatte sie gesagt. »Wir werden das Cottage makellos hinterlassen. Du wirst gar nicht merken, dass wir dort waren.« Er hatte noch immer gezögert, und dann hatte sie gesagt, natürlich werde sie ihm eine angemessene Miete zahlen.

Er hatte gesagt, er werde sie zurückrufen. Pru meinte nur, auf gar keinen Fall. Sie hatte Elsie kennengelernt, als er mit ihr zum Haus seines Vaters fuhr, um sie Dorothy vorzustellen. Er war, um ehrlich zu sein, ziemlich überrascht gewesen von Prus Verhalten an diesem Tag. War sie, gelinde gesagt, normalerweise schwer zufriedenzustellen, hatte er sie an diesem Tag so charmant erlebt wie noch nie. Er hatte sie vorgewarnt, worauf sie sich einstellen musste. Sie hatten einen Spaziergang auf der Gemeindewiese gemacht, und Pru ging mit Elsie voraus, damit er sich mit Dorothy über Familienangelegenheiten unterhalten konnte: Es gab da einige Silbersachen, für die sie keine Verwendung hatte, aber er hatte ihr gesagt, sie könne sie behalten. Wie auch immer, Pru nahm Elsie bei der Hand, und sie liefen voraus, und er konnte sie lachen hören, als sie plötzlich mitten in ein Fußballspiel gerieten. Elsie versuchte, den Ball zu schießen, und fiel dabei um. Die Jungs starrten sie an, als sie mit den Beinen in der Luft auf der Erde lag und versuchte, sich umzudrehen, um aufzustehen. Man konnte sehen, wie angewidert sie waren, als Pru Elsie beim Aufstehen half, und dann schlichen die Jungs murmelnd und kichernd davon. Er war sehr stolz auf Pru an diesem Tag, nicht nur, weil Dorothy so glücklich war zu sehen, dass Elsie sich endlich einmal amüsierte. Danach beim Tee setzte Elsie sich sehr gerade hin und versuchte, ihren Tee sehr zierlich mit abgestrecktem kleinem Finger zu trinken, und antwortete kaum auf Prus Fragen nach der Schule. Elsie schien sich nun plötzlich nicht mehr zu amüsieren. Der Spaß war vorbei. Aber man konnte einfach nicht sagen, was Elsie dachte, da sie ihr Gesicht so wenig wie möglich bewegte und ihre Augen so überschattet waren von ihrer Stirn, dass sie kaum zu sehen waren. Dorothy half ihr nicht, Prus Fragen zu beantworten, ja, sie schaute sie kaum an. Man merkte deutlich, dass sie sie loswerden wollte, ihnen die Qual ersparen wollte, länger als irgend nötig mit Elsie zusammen zu sein. Aber Pru war standhaft und konnte Elsie schließlich sogar dazu überreden, mit ihr in ihr Zimmer zu gehen und ihr alle Bücher zu zeigen, die sie hatte.

Auf dem Rückweg sagte er dann zu Pru, dass es eine ziemliche Belastung gewesen sein musste, Elsie aufzuziehen, bei all den Blicken, die sie sicher abbekommen hatte, dem Veräppeltwerden in der Schule, und dann keinerlei Freunde, geschweige denn Jungs, der Mangel an Hoffnung, dass sie irgendwann eine eigene Familie haben würde. Er hatte in der Richtung noch ein bisschen weitergemacht und gemeint, es sei ja nicht so, als wenn sie behindert wäre, denn dann würden die Leute sich eher um sie kümmern und so weiter. Sie war einfach nur verkümmert, wenn das das richtige Wort war, und ihr Gesicht – er hatte dieses Wort nie ausgesprochen, und er tat es auch Pru gegenüber nicht, weder zu diesem noch zu einem anderen Zeitpunkt – war einfach nur sehr hässlich: die dicht beieinanderstehenden, tief in den Höhlen liegenden und leicht schielenden Augen, die kaum vorhandenen Lippen, diese großen, vorstehenden Zähne, das große Kinn mit den zwei haarigen Warzen und die krausen, hellbraunen Haare. Und diese feuchte, heisere Stimme, die immer klang, als wäre ihre Zunge zu groß. Na ja, er hatte es doch ausgesprochen, nicht alles davon, aber doch mehr, als er eigentlich beabsichtigt hatte. Danach hatte Pru, nach einer langen Pause, nur gesagt: »Na ja, das ist Elsie für dich.«

Als Elsie sie für ein paar Tage besuchte, kümmerte sich Pru um sie und ging mit ihr zum Einkaufen. Einmal begleitete er die beiden, und da bekam er mit, wie sie ziemlich scharf zu ein paar Jungs sagte: »Was meint ihr eigentlich, was ihr da anstarrt?« Worauf Elsie errötete, und es war deshalb vielleicht gar nicht so freundlich, wie es klang. Wie auch immer, Prus strikte Weigerung, Elsie mit ihren Freunden ein Wochenende im Cottage verbringen zu lassen, hatte ihn ein wenig überrascht. Was sie allerdings sagte, war: »Ich will nie einen Grund haben, dass ich aufhöre, Elsie zu mögen und Mitleid mit ihr zu haben.« Was für ihn etwas zu tiefsinnig war.

Er bedauerte den Ton seines Briefes, kaum dass er ihn abgeschickt hatte. Schließlich war Elsie seine Nichte, und Blut war dicker, wie es so schön hieß. Er war nur ein einfacher Kalkulator und hatte keine Ahnung von Genen und solchen Sachen. Ihr Aussehen hatte Elsie wahrscheinlich von ihrem Vater, dem Schwerenöter Harry. Die krausen

Haare und das große Kinn. Grässlicher Mann. Laut war das treffende Wort dafür. Nicht nur seine Stimme, wenn er mit allem Möglichen prahlte. Rauchte Pfeife, um sich einen Anschein von Klasse zu geben, und dann ließ er Dorothy wegen irgendeines Flittchens sitzen, kaum dass er sah, wie Elsie sich entwickelte. Er hatte Dorothy immer gesagt, sie solle sich nicht mit ihm einlassen – er sei nur hinter ihrem Geld her und so weiter. Gott sei Dank hatte Pru ihn nie kennengelernt. Er hätte sie angebaggert. Es gab gewisse Typen, die sie nicht ausstehen konnte. Das Leben in Spanien, sie konnte es kaum mehr erwarten. Sie schwimmen. Er golfen. Irgendwann hatte sie natürlich mal gesagt, sie könnten ja Elsie einladen, das wäre doch sicher schön für sie. Aber in einer solchen Umgebung würde sie nur noch mehr auffallen, mit ihrer teigigen Haut wie altes Brot, während alle anderen dort versuchten, gut erhalten und gesund auszusehen. Zugegeben, an einem solchen Ort traf man auch einige der Sorte von Dorothys Ex, die immer den Arm um einen legten.

Merkwürdig war es schon gewesen, wie Pru auf Elsie reagierte. Das war die eine Seite von ihr. Der Welt etwas beweisen. Zeigen, dass sie anders war und ihr das absolut nichts ausmachte. Sie war nicht unbedingt die Art von Frau, wie er sie haben wollte. Etwas beweisen wollte sie natürlich auch ihm, vor allem an diesem Tag mit Elsie. Eigentlich ihn vorführen, ein Beispiel setzen. Wessen Nichte war sie? Darum ging's. Wahrscheinlich mochte sie Elsie, weil sie allem Anschein nach sonst niemanden sonderlich liebte, ihn eingeschlossen, wenn er sich's recht überlegte. Und wenn er sich's weiter recht überlegte, wahrscheinlich war es gut, eigentlich sogar verdammt gut, dass sie keine eigenen Kinder hatten, bei dem ganzen Krach und Zoff, den es dann geben würde.

VI

Sie redeten kaum über Elsie, erkannte Geoffrey. Warum auch? Susan sah keinen Grund dafür, außer wenn die Geschenke für die Zwillinge eintrafen und Dankesbriefe geschrieben werden mussten. Sie hatten ein Bild von ihrer Tante als einer sehr reichen und glamourösen und berühmten Frau. Was konnte es schaden, sie in diesem Glauben zu lassen? Nachdem Geoffrey von dem Cottage gehört hatte, erinnerte er Susan daran, dass er Onkel Henry nur einmal gefragt hatte, ob sie dort ein paar Tage verbringen könnten, und er hätte »verdammt aufgeblasen darauf reagiert«.

»Von Mum weiß ich«, fügte er hinzu, »dass Elsie ihn gefragt hat, ob sie ein paar Freunde dorthin mitnehmen könnte.«

Das hatte er ihr schon mal erzählt. Sie hatte ihm den Rücken zugedreht und arrangierte Blumen in einer Vase. Plötzlich wurde sie sehr still.

»Nie wieder. Der soll sich sein Cottage sonst wohin schieben«, fuhr er leiser fort. Er wollte einfach, dass sie etwas sagte. »Es habe ihm sehr leidgetan, hat Mum gesagt.«

Sie stellte die Vase direkt vor ihn auf den Tisch. Sie wirkte irgendwie genervt, entweder weil sie keine Lust mehr hatte, über Elsie zu reden, oder weil sie mehr als einmal gesagt hatte, wie schön es wäre, mit den Kindern ins Cottage zu fahren, wenn er sich nur nicht so stur weigern würde, darum zu bitten.

»Garantiert. Wie geht's Elsie eigentlich?«

Sie ging in die Küche, ohne auf seine Antwort zu warten, und er musste deshalb lauter sprechen.

»Mum sagt, sie hat einen ziemlich guten Job. An den Wochenenden besucht sie Gärten und so was.«

»Was für einen Job?«, rief sie aus der Küche.

»Weiß nicht genau. Putzen, glaube ich.«

Sie kam zurück und setzte sich ihm gegenüber an den Tisch. Die Blumen standen zwischen ihnen.

Eine Pause entstand. »Sollte Elsie mal besuchen, wenn ich das nächste Mal in London bin«, sagte er.

»Ach komm. Du fährst doch nie nach London.«

Sie hatte das scharf gesagt, als wollte sie ihm ein schlechtes Gewissen machen.

»Wie wär's dann, wenn wir sie mal zu uns einladen?«, fragte er, um sich ein wenig zu rächen. »Weihnachten zum Beispiel?«

Sie stand abrupt auf und stellte die Vase behutsam zur Seite. »Du weißt doch, was wir beide denken. Die Auswirkungen auf die Kinder ... Wie sie damit zurechtkommen ... Und so weiter.«

Sie drehte sich wieder zur Küche um. Sie hatte die Hände noch vor dem Bauch, als würde sie noch immer die Vase halten.

»Und so weiter ...«, sagte er zu laut. »Lass uns darüber

nachdenken.« Er musste wieder hinter ihr herrufen. »Und in den nächsten Tagen kommen die Geburtstagsgeschenke.«

Susan kam zurück und schaute auf ihn hinunter. »Es wäre mir lieber, sie würde es nicht tun. Das wäre mir wirklich lieber. Sie halten sie ja für irgendeine wunderschöne gute Fee.«

Er konnte ihren Blick nicht erwidern. Das schlechte Gewissen war nicht verschwunden. »Wir sind die einzige Familie, die sie hat«, murmelte er. »Sieh es doch mal so.«

Susan zuckte die Achseln und ging die Treppe hoch.

Geoffrey blieb sitzen. Onkel Henry und seine Frau, diese Pru, gingen ihm nicht aus dem Kopf. »Ein anderes Mal vielleicht, alter Junge«, hatte er wegen des Cottage genuschelt. Ein anderes Mal, na klar. Er hätte ja einfach anrufen und ihm sagen können, wann es frei wäre. Und was Elsie anging: »Er will nicht, dass sie eine Gewohnheit draus macht«, hatte seine Mutter gesagt. »Nur sie allein vielleicht. Aber mit ›Freunden‹, ach du meine Güte!« Sie hatte Onkel Henrys Stimme ziemlich gut nachgemacht, das musste er zugeben.

Warum hatte sie nur eine solche Abneigung gegen ihren Bruder? Vielleicht der Liebling ihres Vaters. Oder irgendwas wegen des Testaments. Vielleicht war er ja einfach nur kein sehr netter Mann. Wie so viele andere Leute übrigens. Zu Susan war er ziemlich freundlich, machte sie an, als wäre er gar nicht dabei. Tante Pru ließ sich ihre Ungeduld deutlich anmerken: »Wir müssen jetzt aber wirklich los, Henry.« Sie hatte Susan behandelt wie eine einfältige Hausfrau, ohne wörtlich zu sagen, sie solle ein bisschen mehr auf sich achten. Susan fand sie fürchterlich, alle beide. Na ja, aber darüber brauchte man keine Worte mehr zu verlieren. Verkauf das Cottage. Ist nicht schade drum. Ihm fiel kein einziger Grund ein, warum er Onkel Henry je wiedersehen sollte.

Natürlich sollte er sich wieder mal mit Elsie treffen. Einmal, kurz bevor er von zu Hause auszog, hatte sie ein wenig die Kontrolle über sich verloren und gesagt: »Du bist das Beste in meinem ganzen Leben.« Mum sagte immer ganz einfach: »Sie liebt dich, weißt du. Du weißt, wie du sie glücklich machen kannst.« Aber er war viel älter und zog von zu Hause aus, und das war's dann.

Das letzte Mal hatte er sie vor einem Jahr gesehen. Er hatte sie in ihrer kleinen Wohnung besucht. Sie hatte sie sehr hübsch eingerichtet, mit Blumenmustern auf den Vorhängen und Polsterbezügen. Alles war makellos sauber. Sie hatte ihm ein Glas Sherry eingeschenkt, und ihre Hand zitterte, als sie ihm die kleinen Schälchen mit Oliven und Nüssen reichte, die sie vorbereitet hatte. Sie war ziemlich überschwänglich gewesen, hatte versucht, ihren Job interessant klingen zu lassen, und ihm all die Broschüren gezeigt, die sie vom National Trust zugeschickt bekam. Eins der Häuser des Trust stand in der Nähe von Onkel Henrys Cottage, und er hatte irgendwas in der Richtung gesagt, dass es doch schön wäre, ab und zu ein Wochenende dort zu verbringen. Oder so was Ähnliches. »O *ja!*«, hatte sie gerufen, als würde sie erwarten, dass er es arrangierte. Sie hatte gesagt, Onkel Henry sei sehr freundlich gewesen, als sie ihn deswegen anrief. Sie habe im Krankenhaus wunderbare Freunde, sagte sie. Leute, die sich wirklich Mühe geben würden. Schließlich arbeiteten sie in einem Krankenhaus, wo Sauberkeit alles ist. So plapperte sie noch ein bisschen weiter mit dieser belegten Stimme, die sie hatte. Als er schließlich aufstand, drückte sie ihn in einer sehr linkischen, sehr hastigen Umarmung. Und in diesem Augenblick erinnerte er sich an den Tag, als sie ihm gesagt hatte, er sei »das Beste auf der Welt«.

Susan hatte recht, nach London fuhr er nur alle heiligen Zeiten einmal. Er hatte ihr von dem Treffen mit Elsie erzählt, aber sie hatte gar nichts dazu gesagt. Als sie ihre Verlobung verkündeten, hatte sie Elsie zum ersten Mal getroffen, und danach sagte sie: »In ihrem Gesicht sieht man rein gar nichts. Als hätten ihre Züge jede Ausdrucksfähigkeit verloren. In ihren Augen war etwas, das Eifersucht hätte sein können oder auch Freude.« Seit damals redete Susan kaum noch über Elsie, als wäre damit alles gesagt. Außer wenn die Dankesbriefe geschrieben werden mussten. Sie hatte aber auch so viele andere Dinge, an die sie denken musste. Die Zwillinge. Das Bemühen, ihren Job zu behalten. X Sachen, darunter auch er. Und ehrlich gesagt, es gab nicht besonders viel, was man über Elsie sagen konnte. Sie war einfach da. Seine arme Schwester. Es wäre ihm nur lieber, wenn er ihr nicht gar so viel bedeuten würde. Wenn sie jemand anders hätte, dem sie ihre Zuneigung schenken könnte. Und wenn sie nicht immer diese Geschenke schicken würde. Wenigstens hatte sie ihre Mutter. Wenn er nur wüsste, wie viel Liebe zwischen den beiden war, wenn überhaupt.

Er hatte Elsie nicht erzählt, und auch seiner Mutter nicht, dass ihr Vater einmal geschrieben hatte, um ihm zu sagen, dass er gern ein wenig mehr Kontakt hätte. Beinahe hätte er ihn angerufen, um ihm zu sagen, er solle bleiben, wo der Pfeffer wächst, letztendlich hatte er aber einfach gar nicht geantwortet. Was dachte eigentlich Elsie über ihn? Auch das hätte er gern gewusst.

VII

Nachdem Elsie vor vier Jahren das Hochzeitsfoto gesehen hatte, ging ihr die Frage nicht mehr aus dem Kopf, wie er sich seit der Zeit verändert haben könnte. Warum hatte ihre Mutter es mit dem Gesicht nach unten auf den Schreibtisch gelegt? Es war, als würde er sie aus dem Foto heraus direkt anschauen und sagen: »Hier bin ich.« Sein Lächeln war schief, als hätte er Angst, zu viel zu lächeln. Er hatte den Arm um ihre Mutter gelegt, aber sie lächelte nicht. Es war komisch, dass sie gerade dieses Foto für den Silberrahmen ausgesucht hatten. Sie standen allein vor der Kirche. Sie schauten irgendwie verlassen drein, als warteten sie darauf, dass die Gäste auftauchten. Ihr Vater trug eine sehr farbenprächtige Krawatte, vielleicht mit Blumen darauf. Am Kirchenportal waren Blumen, rote und malvenfarbene Rhododendren. Das Knopfloch ihres Vaters war auch rot. Sein Blick wirkte plötzlich sehr eifrig, als wollte er sagen, sie sollten doch versuchen, einander zu lieben, als wüsste er noch nicht, was ihn erwartete. In diesem Augenblick tat er ihr leid. Ihre Mutter in ihrem weißen Kleid und mit ihrem weißen Bouquet wirkte so klein neben ihm, beinahe hilflos, als wollte sie sagen, es sei nicht ihre Idee gewesen, die Fotos zu machen. Es würde nur Erinnerungen bewahren. Elsie schloss die Augen und flüsterte, es tue ihr leid, dass sie sie enttäuscht hatte.

Ihre Mutter war mit einer frischen Kanne Tee hereingekommen. Zuerst reagierte sie nicht, doch als Elsie dann ging, drückte sie sie noch einmal und sagte: »Er hat ziemlich blendend ausgesehen, nicht? Bei den Damen konnte er jede haben.«

Danach konnte Elsie ihr nicht mehr erzählen, dass sie ihn einmal besucht hatte.

Er wohnte am Meer. Sie wollte ihn noch einmal sehen, bevor er starb. Vielleicht wollte er sie ja auch sehen, noch ein letztes Wort, bevor sich der Vorhang über sein Leben senkte. Auf keinen Fall sollte er am Ende daliegen wie Edgar Wakefield, mit Bedauern im Herzen. Er konnte ihr ja immer sagen, sie solle doch bitte wieder gehen und sie in Frieden lassen, was vorbei ist, ist vorbei und so weiter. Wenn die zwei überhaupt noch zusammen waren.

Vom Bahnhof ging sie zu Fuß zum Meer. Es war ein wunderschöner Tag, Wind wühlte die Wellen auf, so dass sie funkelten und blitzten, und fuhr in plötzlichen Böen über sie hinweg wie ein Schwarm Insekten. Über dem Hafen, wo eben die Fischerboote hereinkamen, wurden die Möwen hierhin und dorthin geweht. Sie fand eine Bank, auf der nur ein alter Mann saß, aber er ging weg, als sie sich setzte, nachdem er sie einmal flüchtig angeschaut hatte. Es war egal, wer sie war. Sie war einfach irgendjemand, der ihn in seinen Erinnerungen störte. Draußen hinter dem Horizont gab es Welten um Welten, es gab Dschungel und Treibeis und Wüsten und Berge. Am Horizont waren zwei Schiffe, die sich nicht zu bewegen schienen. Wie konnte sie so zufrieden sein, wo doch ihr Vater nur wenige Gehminuten entfernt war, ein Vater, den sie nur von einem Foto kannte. Es war das Wissen, dass sie ihre Pflicht tun würde. Sie wollte nicht versuchen, ihn zu lieben. Sie wollte nur nicht, dass er am Ende dalag und sich wünschte, er hätte seiner einzigen Tochter noch etwas gesagt. Das Meer war so strahlend schön und lebendig und endlos. Es gab so viele Plätze, wo man sitzen und die Welt betrachten konnte, wie zum Beispiel die Hummeln in einer langen Lavendelreihe. Und diesen Magnolienbaum, vier Gärten von ihrer Wohnung entfernt, gefolgt vom Goldregen im Garten dahinter, und diese hohe Maibirke, die sich bewegte wie ein Tänzer.

Der Bungalow war frisch renoviert, der Mörtel zwischen den roten Ziegeln weiß gestrichen, die Tür glänzend blau lackiert wie das Meer. Die Wegplatten waren kabbelige, dunkelrote Wellen. Es gab fünf Sträucher, die mit Holzschnipseln eingefasst waren, um das Unkraut fernzuhalten: zwei Azaleen, einen Roseneibisch, eine Montbretie und einen Schneeball. Im Beet unter dem Fenster stand eine frisch gestutzte Rosenreihe. Das Vogelbad war mit frischem Wasser gefüllt, und es gab auch zwei kleine Vogelhäuschen mit Futterschalen. Das Haus stand in der Mitte einer Reihe anderer Bungalows, an denen sie entlangging. Alle Gärten waren ähnlich ordentlich. Zwei hatten Steingärten, die ein wenig Abwechslung boten und eine exotischere Bepflanzung zuließen. Die in den Gärten des National Trust hatten ihr immer sehr gefallen: wie das Heidekraut und andere Felspflanzen zwischen den Steinen hervorwuchsen.

Am Tor zum Bungalow ihres Vaters stand ein Name: *Traveller's Rest.* Des Reisenden Heim. Sie wusste nicht, welche Reisen ihr Vater je unternommen hatte. Vielleicht hieß das Haus schon immer so, und es konnte ja ein schlechtes Omen sein, den Namen eines Hauses zu ändern. Sie hatte etwas ganz anderes erwartet nach dem Haus ihrer Mutter mit seinen hohen Hecken, von dem aus man die anderen Häuser nicht sehen konnte, außer vom Obergeschoss. Sie hatte sich ihren Vater auf alle möglichen Arten vorgestellt. Sie hatte ihn mit einem verwegenen Seemannshut am Steuer eines Schiffes gesehen oder Zigarre rauchend in einem teuren, schwarzen Auto, sogar auf einem Pferd beim Springreiten. Er hatte immer ein großes Haus mit Garten gehabt, beide viel größer als die ihrer Mutter, ein Anwesen, an dem der National Trust durchaus Interesse hätte zeigen können. In ihren Träumen gab es große Hunde, die auf dem Rasen tollten, und Krocketspiele und Pferdeställe. Und die Zimmer hatten hohe Decken mit Kronleuchtern und breiten Treppen. Die Träume kamen und gingen. In ihren Vorstellungen musste sie eine Umgebung für ihn schaffen. Sie versuchte, ihn nicht lächerlich zu machen mit Bediensteten, die hinter ihm herrannten und bei Fuchsjagden die Hundemeute führten und auf seinem Anwesen Festivitäten organisierten. Sie hatte für ihn Welten erfunden, in denen sie ihm im Weg und peinlich wäre. Sie hatte sich vorgestellt, dass sie sich hinter Hecken versteckte und das Tanzen auf dem Rasen beobachtete oder durch die Geländerpfosten der Treppe spähte, um die Ankunft der Gäste für den alljährlichen Winterball mitzubekommen. Als sie noch ein Kind war und diese Träume von ihm hatte, folgte sie ihm auf Schritt und Tritt, und er stellte sie den Gästen vor, während sie Erdnüsse und Oliven anbot. Doch schon bald wurden die Träume dunkler, der Rasen lag öfter im Schatten, und die Kronleuchter erhellten die Treppen nicht, so dass sie im Dunkeln blieb. Sie konnte ihn nicht hassen, weil er sich ihrer schämte. Es war eine so wunderbare Welt, in der er lebte und die er sich selber erschaffen hatte. Er konnte nichts dafür, dass sie nicht hierhergehörte, dass sie überhaupt auf die Welt gekommen war.

Sie klopfte, und bald darauf wurde die Tür geöffnet. Eine alte Frau mit einem kleinen weißen Gesicht bedeckte den Mund und keuchte. Ihre Augen starrten, als würde sie etwas vom Himmel fallen sehen.

»Tut mir leid«, sagte sie. »Ich bin Elsie. Ich bin nur hier, um meinen Vater zu sehen.«

Die Frau keuchte noch einmal, jetzt hinter beiden Händen, eilte dann davon und rief: »Robert! Robert! Du solltest besser kommen. Es ist für dich.«

Irgendwo knallte eine Tür, und nach einer langen Pause

kam aus einem Zimmer am anderen Ende des Gangs ein alter Mann. Er bewegte sich sehr langsam und humpelte und hatte einen Stock. Er beugte sich vor und spähte in ihre Richtung, als hätte er seine Brille vergessen.

Sie stand im Schatten der Tür, und er kam langsam auf sie zu. »Wer da? Wer da?« Er räusperte sich und sagte noch einmal: »Wer ist da?«

Sie trat aus dem Schatten und sagte: »Es tut mir sehr leid, Vater. Ich hoffe, ich komme nicht ungelegen.«

»O Gott!«, sagte er, drehte sich seitwärts und wäre wohl davongeschlurft, wenn ihm da nicht ein Kleiderständer den Weg versperrt hätte. Sie hörte, wie in dem Zimmer, in das die Frau verschwunden war, etwas zerschlagen wurde. Ihr Vater wich jetzt wieder in den Gang zurück. Seinen Stock schien er nicht mehr zu brauchen. Sie hatte nicht erwartet, dass er so alt war. Er war kahl, seine Augenbrauen waren buschig und wuchsen beinahe mit den Haarbüscheln vor seinen Ohren zusammen. Seine Nase war rosig wie die Flecken auf seinen Wangen. Seine Augen hatten sie angestarrt. Sie waren anders als die Augen auf dem Foto. Sie schienen blasser und furchtsamer geworden zu sein. Sie versuchten, nicht zornig zu schauen. Sie waren wie die Augen des Mörders, den sie im Bus kennengelernt hatte.

»Schau, ich will nicht …«, setzte er an.

Er schlich davon in das Zimmer, in dem die Frau verschwunden war, und schloss die Tür, doch nicht, bevor sie die Frau sagen hörte: »Schick sie weg, Robert! Was vergangen ist, ist vergangen. Was zum Teufel will sie denn?« Ihre Stimme krächzte, als hätte sie jemand an der Kehle gepackt. Am liebsten wäre Elsie in dieses Zimmer gegangen und hätte noch einmal gesagt, wie leid es ihr tue. Denn es tat ihr wirklich leid. Sie hatte doch nur hören wollen, ob ihr Vater ihr noch irgendwelche letzten Worte zu sagen hatte. Wie sie so in der offenen Tür stand, fragte sie sich, ob dies das Letzte war, was sie von ihrem Vater sehen würde, ob ihr Vater ihr überhaupt nichts mehr zu sagen hatte. Er würde nicht in seinem Krankenhausbett liegen und sich den Kopf zermartern über Ungesagtes. Vielleicht wäre es besser, sie würde umkehren und zuschauen, wie der Wind das Meer aufwühlte.

Langsam kam ihr Vater wieder auf sie zu.

»Du kommst wohl besser rein«, sagte er und führte sie in das Zimmer am Ende des Gangs. Es war ein Zimmer mit ziemlich viel Blumendekoration auf Vorhängen und Teppichen. Es gab zu viele Farben. Es gab auch zu viel Zierrat: Vasen, Statuetten von Menschen und Tieren, Töpfe und Teller. Auf dem Fernseher stiegen sogar zwei Porzellanpferde einander entgegen. Zwei der Bilder an den Wänden zeigten Ansichten aus Gärten, die wahrscheinlich dem National Trust gehörten. Das dritte Bild zeigte eine dunkelhäutige Frau in etwas, das aussah wie eine spanische Tracht. Sie hatte außerdem eine Blume im Haar, die eine rote Kamelie hätte sein können. Im Hintergrund waren ein Schiff mit Mast und ein flaches, sehr blaues Meer zu sehen. Ihr Vater deutete auf einen Sessel. Er stand vor einer Terrassentür, durch die sie einen Rasen und einen Gartenschuppen sehen konnte. Sie wollte ihm weitere Peinlichkeiten ersparen.

»Ich will weder Tee noch Kaffee, vielen Dank«, sagte sie. »Am Bahnhof war ein nettes Café.«

Sie sprach sehr deutlich und höflich. Sie wollte ihm zeigen, dass sie sich, was sie auch sonst sein mochte, zu einem Menschen mit guten Manieren entwickelt hatte, für den er sich nicht zu schämen brauchte, und das mochte in der Zeit, die ihm noch blieb, vielleicht ein Trost für ihn sein. Sie hatte sich so gut angezogen, wie sie konnte, trug ein Tweedkostüm und eine Bluse, weil sie ja nicht wissen konnte, was sie erwarten würde. Da er ihr direkt gegenübersaß, hatte er keine andere Wahl, als sie so zu sehen, wie sie war. Vielleicht machte das Licht von der Terrassentür sie etwas undeutlich. Aus dem Zimmer, in das die Frau verschwunden war, drang Klappern, und er schüttelte den Kopf.

»Nun, Elsie«, sagte er und wechselte in eine bequemere Sitzposition. Sie saß sehr aufrecht da, ihre Hände lagen auf den Knien. Jetzt schaute er sie eingehend an, vielleicht zwang er sich dazu.

»Welchem Umstand verdanke ich diese Ehre?«, fuhr er fort.

»Ich dachte mir, dass du mich vielleicht sehen willst. Nur für den Fall, dass es so ist, meine ich.«

Er hielt inne, um sich die Knie zu reiben und das Gesicht zu verziehen, was wohl bedeuten sollte, dass er dort Schmerzen hatte. »Na ja, um ehrlich zu sein, ich habe mir darüber schon Gedanken gemacht. Natürlich habe ich das. Ich habe einen Brief bekommen, einen kurzen Brief von deiner Mutter, so vor drei oder vier Jahren, in dem sie mir sagte, du würdest jetzt auf eigenen Beinen stehen, ich glaube, ›unabhängig‹ hat sie es genannt.«

»Warum hast du sie verlassen?«, fragte sie. »Das ist es, was mir ab und zu durch den Kopf geht.«

»Ach ja, das ist ja jetzt schon ziemlich lange her, nicht?« Er räusperte sich und legte sich die Hand auf die Brust, um zu zeigen, dass auch dort etwas nicht stimmte, dass er gesundheitlich nicht in der Verfassung war, mit etwas Unvermitteltem oder Beunruhigendem belästigt zu werden. Aus dem anderen Zimmer kam wieder ein erinnerndes Klappern. »Aber das ist doch nichts Ungewöhnliches, oder? Nicht heutzutage. Die Menschen verändern sich eben.«

Sie setzte sich noch aufrechter hin, legte eine Hand auf die andere und umklammerte sie leicht. Sie wollte nicht so wirken, als würde sie ihm etwas vorwerfen oder dergleichen. Vielleicht wäre er entspannter, wenn er diese blassen Augen nur einen Augenblick von ihr nehmen würde. Es gab so viele Gegenstände, über die er den Blick schweifen lassen konnte; dann sähe er nicht ganz so verkrampft aus. Vielleicht dachte er, er hätte schon alles gesagt, was gesagt werden musste. Er beugte sich sogar vor, als wollte er aufstehen und sagen: »Ist das dann alles? Es war schön, dich mal wiederzusehen. Vielen Dank für deine Mühe.«

Er räusperte sich noch einmal und legte sich die Hand an die Kehle. Was dann aus seinem Mund kam, war: »Wie du siehst, leben wir ziemlich bescheiden. Knausern und Sparen ist angesagt. Ich musste ziemlich früh zu arbeiten aufhören. Konnte nicht genug auf die hohe Kante legen.

Wir hätten ja gern noch mal einen Hund, aber die sind ja so teuer, und dann das Ausführen mit meiner Arthritis …«

Sie war wegen Geld gekommen – ansonsten hätte sich die Reise ja nicht rentiert. Der weite Weg von London hierher. Waren das die Gedanken, die ihm durch den Kopf gingen? Dachte er: Ihre Mutter hat doch mehr als genug. Was will sie dann von mir? Sie wollte nicht, dass er sich diese Fragen stellte. Nicht, wenn er nach so vielen Jahren Besuch von seiner Tochter erhielt und ihm nur noch wenig Zeit blieb. Wenn es in ihrer Hand lag, ihm sein schlechtes Gewissen zu nehmen, damit er in Frieden sterben konnte.

»Weil ich so hässlich bin, hast du uns deshalb verlassen?«

Die eine Hand wanderte zu seiner Brust, die andere an seine Kehle. »O nein, Elsie, so etwas darfst du nie denken. Bitte glaub das nicht. Wirklich …«

»Es war, weil du eine andere Frau kennengelernt hast, die du in gewisser Weise unserer Mutter vorgezogen hast.«

Wieder kam ein Klappern aus der Küche, noch ein Wink mit dem Zaunpfahl. Er wollte nicht antworten.

»Es ist so lange her. Solche Sachen passieren die ganze Zeit. Wir können das nicht beherrschen … was eben so passiert, welche Entscheidungen wir treffen. Ich war nie ein sehr tiefsinniger Mensch, der die Dinge gut analysieren kann und das alles.«

»Du wolltest auch mit Geoffrey keinen Kontakt mehr?«

»Wir dachten, sie dachte, es sollte ein völlig neuer Anfang sein. Wenn das Leben sich verändert, muss man sich mit ihm verändern. Ich habe Geoffrey einmal geschrieben, aber ...«

Eine Pause entstand. Sein Mund war noch offen. Die Frau war hereingekommen und stand jetzt hinter Elsie. Aus den Augenwinkeln heraus sah Elsie, dass sie sich ein Geschirrtuch wie Handschellen um die Hände gewickelt hatte.

»Komm jetzt endlich!«, sagte sie. »Es bringt doch nichts, alte Geschichten aufzuwärmen. Das bringt überhaupt nichts. Es war natürlich sehr freundlich, dass du vorbeigekommen bist. Schlafende Hunde soll man nicht wecken ... jetzt komm schon, Robert. Oder hast du vergessen, dass du einen Arzttermin hast?«

Er setzte sich auf, als würde er Haltung annehmen. »Natürlich, meine Liebe, natürlich.« Er stand langsam auf.

Elsie drehte sich nun so, dass sie der Frau voll ins Gesicht schauen konnte. Ihre Haut war jetzt weniger weiß. Anscheinend hatte sie eine Creme darauf gehabt, als sie die Tür öffnete. Sie war jünger geworden ... Die Haare umspielten ihren Kopf jetzt lockerer, blond, nicht grau, als hätte sie sie in dieser kurzen Zeit mit einer Tönung behandelt. Die Frau sah zu, wie ihr Vater sich aufrichtete. Elsie stand auf, um ihm zu helfen.

Die Frau versuchte, nicht zu schreien. »Es ist besser für ihn, wenn er all diese Dinge selber macht, wenn man ihn nicht wie einen Invaliden behandelt.«

Elsie half ihm trotzdem, und er brummelte dankbar. Die Frau machte »Ts« und rauschte hinaus.

Als sie außer Hörweite war, flüsterte er: »Danke, Elsie.

Danke, dass du das getan hast.« Er senkte die Stimme noch weiter. »Sie wollte nicht, weißt du, dass ich mit dir noch irgendwas zu tun habe. Verstehst du das? Sie hat Sachen nach mir geworfen … Einmal zumindest. Eine Suppenschüssel, Teil eines verdammten Speiseservices, ausgerechnet. Oje, Elsie. Was für ein Wirbel.«

Sie waren an der Tür. Er hielt sich noch immer bei ihr ein. Er hatte ihr einen Stups gegeben, und sie hatte angefangen zu kichern. Er schaute auf sie hinunter. Er flüsterte noch immer, weil die Frau nicht weit weg sein konnte und die Tür offen stand.

»Kein Tag ist vergangen, an dem ich mich nicht gefragt habe, wie es meinen Kleinen geht … Seither zumindest … Zu der Zeit allerdings, der ganze Kram zusätzlich zu … Du solltest jetzt besser gehen.«

Er löste sich von ihr und schob sie in den Gang.

Die Tür stand einen Spalt offen. Er flüsterte noch immer. »Danke, dass du gekommen bist, Elsie. Mir tut das alles wirklich ganz furchtbar leid. Das Leben, das verdammte Leben, das sage ich immer.« Er schaute über die Schulter. »Das kommt nicht wieder, nein, das tut es nicht.« Sie hatten die Haustür erreicht, und er öffnete sie. »Pass auf dich auf, Elsie, meine Tochter.«

Auf dem Rückweg zum Meer waren das die beiden Worte, die ihr im Gedächtnis hafteten. Der Wind blies noch immer übers Meer und ließ es in der Sonne glitzern und funkeln. Die Möwen kreischten noch immer über dem Hafen. Alles war wie zuvor, nur die Schiffe am Horizont waren verschwunden. Sie hätte diesem Mann im Bus nie sagen dürfen, dass sie manchmal ihren Vater umbringen wollte. Sie hätte das nicht sagen sollen, denn sein Leben hatte sich nicht so entwickelt, wie er es erhofft hatte.

VIII

Das Leben geht weiter, dachte Stan. Er blieb für sich, war viel zu Hause, bis auf seine kleinen Diebestouren und den Job in dem Lagerhaus. Da war der Fernseher. Er war beschäftigt. An den Kumpeleien im Lager beteiligte er sich nicht sonderlich. Mit einer Tasse Tee herumsitzen. Es ging vorwiegend um Fußball. Alle waren Arsenal-Fans, bis auf einen. Er sagte, er sei für Manchester City. Was er auch war, nicht übertrieben, aber genug, um sich nicht unterkriegen zu lassen. Niemand sonst scherte sich einen Dreck um Manchester City. Und jetzt war es die Weltmeisterschaft. Er sei mit seinem damaligen Partner in den Süden gekommen, aber es habe nicht funktioniert, das erzählte er ihnen. Eines Tages werde er wieder in den Norden gehen. Man mochte ihn recht gern dort, mal einen Tag frei nehmen, Überstunden machen oder Schichten tauschen war kein Problem. Und einfach immer nur diese verdammt großen Möbelkisten herumschleppen. Dann gab es Sherrill. Es könnte ewig so weitergehen.

Wenn er nur Johnny Boyd aus dem Kopf kriegen könnte. Er hatte einen Kerl aus Badgers »Entourage« angerufen (solche Wörter benutzte Badger gern), der ihm eine

Nachricht von Badger übermittelt und ihm geraten hatte, sich bedeckt zu halten. Dass Ginger »den Weg allen Fleisches« gegangen war, habe die Sache zwar bereinigt, aber so etwas werde nicht so leicht vergessen, und er solle die Augen offen halten. Badger habe das alles hinter sich gelassen, ein für alle Mal. Im Großen und Ganzen ziehe er es vor, nicht belästigt zu werden. O ja, er habe gehört, dass Johnny Boyd seiner Mutter einen Besuch abgestattet habe. Als Stan sie anrief, hatte sie davon nichts erwähnt, wahrscheinlich wollte sie ihn am Anfang seines neuen Lebens nicht beunruhigen.

Er rief sie jetzt nicht mehr so oft an. Er wollte allein sein, sich einfach nur den Rücken freihalten. Mit Fremden redete er nicht. Da war diese Missgeburt von einer Frau im Bus gewesen, die fast gebellt hatte, sie wolle ihre Mutter und ihren Vater umbringen. Die einzigen Leute, bei denen man sicher war – völlige Außenseiter. Nach all diesen Verbrechern, denen es scheißegal war, wem sie was angetan hatten. Und sie hatte ihm diese hübsche, kleine Klaugelegenheit verschafft. Das Foto aus dem Silberrahmen hatte er ungefähr eine Woche lang behalten. Komisch, dass so ein Paar – mit blendendem Aussehen, zumindest der Mann – eine so hässliche Tochter haben konnte, und noch dazu mit solchen Gedanken im Hirn. Der Vater sah aus, als würde er sich für einen Frauenschwarm halten, und seine Frau wie eine der Frauen, auf die er nicht stand. Na ja, so eine Tochter ertragen zu müssen, arme Schweine.

Er war froh, dass er keine Kinder hatte. Was würde er ihnen sagen? Badger hätte ihm diesen Auftrag vielleicht gar nicht gegeben, wenn er Kinder gehabt hätte. Darum ging es. Es hätte damals vielleicht erfahrenere Männer für den Job gegeben, aber die hatten alle Familie. Auch Badger hatte das gesagt. Er erinnerte sich noch gut an das Bellen von Badgers letzten Worten, als er die Tür öffnete: »Stanley!« Er hatte die Hände an den Aufschlägen seines Jacketts und die Brust herausgestreckt. Die Freundlichkeit war verschwunden. Was aus seinen Augen blitzte, hätte durchaus Hass sein können. »Dieses Treffen hat nie stattgefunden, klar? Mach es richtig, und die Frage stellt sich nie. Falls das Gegenteil eintritt, würde ich es vorziehen, dass jede etwaige Verbindung zwischen uns nie erwähnt wird. Wir haben doch alle unsere Lieben, nicht, Stanley?« Dann schickte er ihn mit einem Schlenkern seiner Hand davon.

Es hatte noch ein paar weitere Diebestouren gegeben. Draußen in den Vorstädten. Freistehende Häuser, deren Besitzer übers Wochenende verreist waren. Jeder mit einigermaßen Grips konnte die lächerlichen Einbruchssicherungen austricksen. Wenn man doch einen Fehler machte, haute man ab. Frank ging nie ein Risiko ein. Er war noch nie bei Frank zu Hause gewesen. Er wusste nicht einmal, wo er wohnte. Sie trafen sich jeden Dienstag im selben Pub, um die folgende Woche zu besprechen. Er würde es nicht tun, wenn es nicht wegen Sherrill wäre und er nicht seiner Mutter ein bisschen was schicken müsste – um die Erwartungen der Damenwelt nicht zu enttäuschen, wie Badger es nennen würde. Es war kein schlechtes Leben. Besser, als Tag um Tag mit diesen Verbrechern zusammengesperrt zu sein. Nicht dass gut und schlecht jetzt noch eine Rolle spielten. Für die Frau im Bus war das Leben schlimmer. Mit nichts, wofür man lebte, außer einer Mutter und einem Vater, die man loswerden wollte. Was war denn das für ein Leben?

Gestern sagte einer der Männer im Lagerhaus, er meine, ihn zu kennen. Er habe auch mal in Manchester gelebt. Er zuckte nur die Achseln, als wollte er sagen: »Wer weiß? Wen interessiert's?« Damals hatte nicht allzu viel in den Zeitungen gestanden. Badger hatte ihm gesagt, er solle sich schuldig bekennen: »Keine Aufregung, keine Scherereien und unnötige Komplikationen.« Den Schnurrbart hatte er sich erst nach seiner Entlassung stehen lassen, und jetzt ließ er sich einen Vollbart wachsen. Na ja, anders sah er schon aus, auch wenn er sich nicht so fühlte. Der Mann im Lagerhaus schien die ganze Sache schon wieder vergessen zu haben, aber für alle Fälle stritt er sich mit dem Vorarbeiter und kündigte. Frank erzählte ihm von einem anderen Lagerhaus an derselben Busstrecke. Irgendwie erwartete er immer, diese Frau wiederzusehen. *Übersehen* konnte man sie kaum. Neben ihr sitzen würde er allerdings nicht mehr. Warum zum Teufel hatte er ihr nur erzählt, dass er jemanden umgebracht hatte? Er hätte es sagen können, wenn es nicht so wäre. Nur um ihr diese blöde Neugier aus dem Gesicht zu wischen. Wenn es wirklich Neugier war. Um zu sehen, wie sie aussah, wenn sie Angst hatte. Aber sie hatte kein bisschen anders ausgesehen.

IX

Die Fahrräder kamen am Vormittag des sechsten Geburtstags der Zwillinge an. Wie hatte Elsie wissen können, fragte sich Geoffrey, dass sie bereit waren für die nächste Größe – sie hatten entschieden, dass das noch bis Weihnachten warten musste. Sie glänzten, blau und silbern. Die Zwillinge waren begeistert, plapperten aufgeregt durcheinander und beharrten darauf, dass alle sofort in den Park gingen, um sie auszuprobieren. Widerstehen konnte man ihnen nicht, und deshalb ging man genau dorthin. Geoffrey und Susan schauten zu, wie sie sich freuten, und konnten dann erst reden, als die Zwillinge im Bett waren.

»Woher hat sie das gewusst?«, fragte Geoffrey.

»Was gewusst?«

»Dass sie neue Fahrräder brauchen.«

»Vielleicht hat Mutter es ihr gesagt.«

Geoffrey rief Dorothy an, die sagte, sie könne sich nicht erinnern, Elsie von den Fahrrädern der Zwillinge erzählt zu haben. Vielleicht habe sie vor langer Zeit einmal erwähnt, dass sie jetzt keine Stützräder mehr brauchten. Geoffrey konnte ihr nicht sagen, dass Elsies Großzügigkeit ihn verlegen machte, dass die Zwillinge jetzt mehr denn je glaubten, ihre Tante Elsie sei eine geheimnisvolle gute Fee und nicht ganz von dieser Welt, denn sie hatten sie noch nie sehen dürfen. An diesem Abend knieten sie vor ihren Betten und beteten nicht für Elsie, sondern direkt zu ihr. Geoffrey konnte seiner Mutter nicht mehr sagen, als dass es sehr großzügig von ihr sei und dass die Zwillinge natürlich Dankesbriefe schreiben würden. Darauf hatte Dorothy nichts zu sagen. Wenn Elsie das nächste Mal zu ihr kam, würde sie ihr einfach sagen, wie sehr die Zwillinge sich über ihre Fahrräder gefreut hatten. Bei dem Besuch würde sie ihr keinen Scheck geben, damit es nicht so aussähe, als würde sie die Geschenke bezahlen. Den Zwillingen Geschenke zu machen musste die größte Freude in Elsies Leben sein. Das sagte sie dann auch zu Geoffrey, der erwiderte, das könne ja durchaus so sein, peinlich sei es trotzdem. Susan empfand das so. Hätten sie gewusst, dass Elsie manchmal kam, um sie heimlich zu beobachten, hätten sie sie vielleicht dafür gehasst. Sie hassten es, nicht zu wissen, was sie den Zwillingen sagen sollten. Sie hatten sich schon überlegt zu sagen, sie lebe in Australien.

Woher hatte Elsie es gewusst? Sie hatte es gewusst, weil sie manchmal mit dem Zug hochfuhr, nur um sie zu sehen, ihren Neffen und ihre Nichte, zu sehen, wie sie sich entwickelten. »Ich liebe sie«, sagte sie sich manchmal laut. Sie sah zu, wie sie größer wurden und sich veränderten, und sie fand sie schön. Oft, sehr oft, beschwor sie ihr Bild herauf, kurz bevor sie einschlief, oder sie träumte davon, dass sie in den Gärten des National Trust spielten. Es war fast so, als würde sie sie sehen, denn sie wusste, wie sie aussahen, wie sie sich bewegten. Gegenüber Geoffreys Haus stand eine Bank, von wo aus sie die beiden beobachten konnte, versteckt hinter einer Zeitung, ohne selber gesehen zu werden. Wenn sie kam und ging, war sie sehr geschickt darin, ihr Gesicht abzuwenden. Manchmal trug sie eine große Sonnenbrille. Es war besser, wenn es regnete, denn dann konnte sie sich unter einem Schirm verstecken. Sie blieb nie lange, immer nur lange genug, um sie zu sehen, um ihr Gedächtnis aufzufrischen, damit ihre Träume von ihnen immer auf dem neuesten Stand waren. Wichtig war ihr nur, dass sie wusste, wie sie sie glücklich machen konnte. Sie waren die einzigen Menschen auf der Welt, gegen die sie keinerlei Groll empfinden konnte. Sie würde zusehen, wie sie erwachsen wurden und ihr Zuhause verließen. Sie würde versuchen, sie auch weiterhin zu sehen, wenn sie auf die Universität gingen. Es würde eine weitere Generation von Kindern geben, für die sie Geschenke kaufen konnte, um den Ausdruck auf ihren Gesichtern zu sehen. Und eines Tages in ferner Zukunft würden sie wissen, wie sie aussah; aber vielleicht auch nicht, denn soweit sie wusste, gab es kein Foto von ihr.

Geoffrey und Susan sorgten dafür, dass ganz besondere Dankesbriefe geschrieben wurden, mit Farbfotos von den Zwillingen auf ihren Fahrrädern. »Wenn es ihr Freude macht«, sagte Susan, »wer sind wir denn …?« Sie hatte Elsie nur einmal gesehen, als sie Dorothy kennenlernte, die, mit Geoffreys Zustimmung, entschieden hatte, dass seine Schwester dabei sein sollte. Geheiratet hatten sie standesamtlich. Elsie war weggeblieben, weil sie gedacht hatte, dass Geoffrey und Susan es so wollten, um keine unnötige Aufmerksamkeit zu erregen. Geoffrey hatte ihr gesagt, dass er sie natürlich dort erwarte. Sie sei schließlich seine Schwester. Dorothy hatte dasselbe gesagt. Aber Elsie wollte in den Erinnerungen der Gäste an diesen Tag nicht die geringste Rolle spielen. Susan sagte nichts, konnte aber ihre Befürchtungen nicht verbergen, als es darum ging, dass Elsie in den Hochzeitsfotos würde auftauchen müssen. Wenn sie sich abseits hielt, würden die Leute darüber reden, und das wäre dann wirklich etwas, woran man sich erinnerte. Als Susan sagte, es tue ihr leid, dass Elsie nicht habe kommen können, wusste Geoffrey, dass sie log.

Onkel Henry hatte sich umgeschaut und Dorothy gefragt: »Wo ist Elsie?« Worauf Pru noch hinzugefügt hatte: »Ja, um Himmels willen, wo *ist* Elsie? Hast sie gut versteckt, was, Dorothy?« »Es war ihre Entscheidung«, hatte Dorothy geantwortet. »Sie hat kein Talent für solche Anlässe.« »Kein Wunder«, hatte Pru erwidert. Henry vermutete, es tue ihr wirklich leid, dass Elsie nicht da war. Wenn sie da gewesen wäre, hätte sie ausschließlich mit ihr geredet und allen anderen die kalte Schulter gezeigt.

Elsie fuhr hoch, um zu sehen, wie glücklich die Zwillinge mit ihren neuen Fahrrädern waren. Es war wunderbar, wie sie auf der Straße davonradelten und wie Geoffrey und

Susan hinter ihnen herhasteten und riefen, sie sollten vorsichtig sein. Was konnte schöner sein, als kleine Kinder zu sehen, die auf brandneuen Fahrrädern davonradelten? Das machte das Leben wirklich lebenswert.

X

Stans Zimmer lag im Obergeschoss eines Hauses in Finsbury Park in einer Wohnung, die er sich mit noch zwei anderen Bewohnern teilte. Es waren zwei ältere Damen mit blonden Haaren, die sich gegenseitig anschrien wegen des Bads und der Küche, die sie gemeinsam benutzten. Er schaute sich die beiden Räume an, als die Frauen außer Haus waren. Kein Wunder, dass sie sich stritten. Die Küche war dreckig: Im Spülbecken stapelte sich Geschirr, der Gasherd war schmutzverkrustet, das schwarze Linoleum auf dem Fußboden war aufgerissen, die Tür des lichtlosen Kühlschranks war offen, und die Dosen und die Milch und das Brot darin sahen uralt aus. Es roch widerlich. Im Bad tropften die Hähne, und das einzige Handtuch, das über dem Waschbecken hing, hätte auch ein Geschirrlappen sein können. Bei dem ganzen Hass gegeneinander beachteten sie ihn kaum. Zwei dumme Frauen, die sich ständig ankeiften, und überall Dreck – manchmal kam es ihm vor, als würde der ganze Rest seines Lebens nun so verlaufen müssen.

Aufgewachsen war er im genauen Gegenteil. Seine Mutter war eine sehr penible Frau. In ihrem kleinen Haus in Manchester wollte sie alles perfekt haben. Man musste seinen Stolz haben, man hatte ja sonst nichts. Das war einer ihrer Wahlsprüche. Er musste hinter sich aufräumen und sein Zimmer in Ordnung halten. Wenn er »Niveau bewahre«, könne er »etwas aus sich machen«. In allen guten Berufen, sagte sie ihm, seien Sauberkeit und Ordnung wichtig und dass man alles immer klar Schiff habe. Sie kontrollierte seine Hausaufgaben und ließ ihn Sachen neu schreiben, wenn er zu viel durchgestrichen hatte. Er würde ja später seine Steuererklärung machen und Rechnungen stellen müssen und so weiter. Sie war stolz auf ihn, als er mit seiner Ausbildung als Gasinstallateur anfing. Sie wusste nicht, dass er sich in die Badger-Bande hatte hineinziehen lassen und gewisse Sachen für sie erledigte, um sich etwas dazuzuverdienen. Vorwiegend für sie tat er es. Er selber rührte das Zeug nie an, weil er sah, was es aus den Leuten machte. Sie war stolz auf ihn wegen seiner Höflichkeit und der Art, wie er sich kleidete, stets mit polierten Schuhen und scharf gebügelten Hosen.

Sein Zimmer hielt er peinlich sauber, erneuerte oft den Anstrich, brachte seine Laken jede Woche in die Wäscherei, putzte Waschbecken und Badewanne mit Vim, in Gedanken immer ihrem Rat folgend. Es war ein hübsches Zimmer, und der Lärm von der Straße war nicht so schlimm, wenn der Stoßverkehr erst einmal vorüber war. Das Fenster an der Rückseite schaute hinaus auf die Grundstücke anderer Häuser, die voller Unrat waren. Wenn er sich hinausbeugte, konnte er durch eine Lücke einen Kirchturm und ein paar schöne große Bäume sehen. Das Haus am Ende hatte eine Art Garten. Es gab dort sogar einen Rasen, der gemäht werden musste, und einen Baum, der aussah wie irgendein Obstbaum. Er fühlte sich sicher in diesem Zimmer, weit weg von dem Ort, wo es passiert war; hier würden sie ihn nie finden. Von hier zu den Läden gleich um die Ecke, mit dem Bus in die Arbeit und wieder zurück. Er konnte ihr sagen, dass er sich ein Zuhause geschaffen und die Vergangenheit hinter sich gelassen hatte. Er konnte ihr von seinem Zimmer erzählen, von jedem Detail, und sie dann lächeln sehen, weil sie ihm beigebracht hatte, was sie die »Grundlagen des Lebens« nannte.

Aus dem vorderen Fenster, das auf die Straße hinausging, schaute er nicht oft – nur Autos, die an Ampeln hielten und wieder losfuhren, und Leute, die mit Einkaufstüten vorbeigingen. Aber an diesem Abend blieb ein Mann stehen und schaute hoch zu seinem Fenster. Dann ging er weiter und kam wieder zurück und schaute noch mal zu seinem Fenster hoch. Es waren viele Jahre vergangen, und er konnte sich täuschen. Die rötlich-blonden Haare waren jetzt mit Weiß durchsetzt und kurz geschnitten. Aber im Grunde war er sich doch sicher: Es war Johnny Boyd, der sich den Finger über die Kehle gezogen hatte, als Stan verurteilt worden war. Und dann diese Nachricht, kurz bevor er aus dem Knast kam, dass seine Tage gezählt seien.

Er rief einen alten Kumpel an, der Badger ziemlich nahegestanden hatte. Er sagte, er meine, Johnny Boyd gesehen zu haben, und was man denn so höre? Sein Kumpel sagte, er werde sich wieder bei ihm melden. Am nächsten Abend rief er zurück und sagte, dass Badger »Gingers Kollegen schon vor langer Zeit assimiliert« habe. Allerdings gelte das nicht für Gingers Bruder, der von Glück reden könne, nicht zur selben Zeit wie Ginger vor seinen Schöpfer getreten zu sein. »Einer der dem Leben nicht Gewachsenen«, habe Badger ihn genannt. Er solle sich eine Weile bedeckt halten, rate Badger ihm, sich nicht »übermäßig auffällig benehmen«, wenn es irgendwie gehe. Stan erkundigte sich nach Badger. Die Antwort war eindeutig. Es gehe ihm gut und er wünsche Stan um der alten Zeiten willen alles Gute, aber um ehrlich zu sein, sagte sein Freund, sei er nicht zu erpicht darauf, »mit längst Vergangenem belästigt« zu werden.

Eine Woche lang sah er Johnny nicht mehr. Er stieg eben in einen Bus, als er ihn aus einem Café auf der anderen Straßenseite kommen und auf seine Uhr schauen sah. An diesem Abend sah er auch Elsie wieder, die, auf dem Rückweg von einem Besuch bei ihrer Mutter, hinten im Bus saß. Sie drehte den Kopf zum Fenster, damit er sich nicht verpflichtet fühlte, sie zu grüßen. Als sie wieder nach vorn schaute, winkte er ihr. Nachdem er an seiner Haltestelle vorbeigefahren war, wurde der Platz neben ihr frei, und er setzte sich zu ihr. Eine Weile sagten sie kein Wort, grüßten sich nicht einmal.

»Wie geht's so?«, fragte er schließlich.

»Sehr gut, vielen Dank«, sagte sie. »Und selbst?«

»Nicht so schlecht.«

Jetzt ließ sie ihn ihr Gesicht sehen. Er zuckte mit keiner Wimper, schaute ihr tief in die Augen. Das machte sonst nur ihre Mutter, wenn sie etwas darin entdecken, herausfinden wollte, was sie dachte. Aber die Augen lagen zu tief in den Höhlen und wurden von der Stirn überschattet. Sogar bei hellem Tageslicht konnte Elsie selbst sie im Spiegel kaum sehen. Sie war froh, dass sie bald aussteigen musste, weil die Unterhaltung ins Leere laufen würde. Das war fast immer so, auch mit den anderen Putzfrauen, die wahrscheinlich einfach nicht neugierig erscheinen wollten, was für ein Leben sie wohl führen mochte und was sie daraus erzählen wollte.

»Ich bin fast zu Hause. Zwei Haltestellen«, sagte sie.

»Dort steige ich auch aus«, sagte er.

Sie gingen ein kleines Stück zusammen. Das war ihr Viertel, hier wurde ihr manchmal zugewinkt, auch wenn die Leute sie kaum anschauten, aber immerhin hoben sie die Hand, und sie hörte ihren Namen. Das war das Mindeste, was sie tun konnten. Sie winkte ebenfalls, aber ein Lächeln konnte es auf beiden Seiten nicht geben. Die Leute konnten nicht wissen, ob sie lieber gar nicht gegrüßt, ob sie in Ruhe gelassen werden wollte. Da jetzt Stan bei ihr war, gab es doch einige Blicke. Sie unterhielten sich nicht, gingen einfach nebeneinander, sie knapp hinter ihm und ein wenig zu ihm hochschauend, als wollte sie ihm etwas verkaufen.

Sie kamen an dem zypriotischen Café vorbei, in das sie manchmal ging, mit dem Lebensmittelladen gleich nebenan. Dort konnte sie sein wie jeder andere. Sie suchte aus, die Verkäufer nahmen ihr Geld und gaben ihr das Wechselgeld zurück und schauten sie dabei so schnell an, wie sie es bei jedem anderen Kunden tun würden.

»Tasse Kaffee?«, fragte er vor dem Café.

Er führte sie bereits zur Tür. Das Café war leer. Sie setzten sich ans Fenster und schauten hinaus, bis der Besitzer kam. Sie bestellten Kaffee.

»Geben Sie uns eins von diesen Rosinenbrötchen«, sagte Stan und schaute Elsie an, die nickte. »Dann zwei.« Der Besitzer ging weg und schaute über die Schulter, als hätte er etwas vergessen.

»Sie wohnen hier in der Nähe?«

Sie deutete zum Fenster hinaus und sagte ja.

Stan wusste nicht, wie er weitermachen, wusste nicht, was er fragen sollte. Er hatte ihr einmal etwas Schockierendes gesagt, was ihr anscheinend absolut nichts ausgemacht hatte. Dass er einen Mann getötet hatte. Er wünschte sich, sie würde ihn anschauen, damit sie in seinem Gesicht, seinen Augen etwas sah, das ihr sagte, dass sie ihm trauen konnte. Es war der Gesichtsausdruck, den er als Kind von seiner Mutter gelernt hatte, offen und direkt. Sie hatte ihm gesagt, wenn er sich um eine Arbeit bewerbe, suchten die Leute immer nach Zeichen der Vertrauenswürdigkeit, das sei das Wichtigste. Badger hatte dasselbe über den Drogenhandel gesagt: »Deine Integrität ist das Ausschlaggebende.« Das war das Problem mit Ginger, der hinter Badgers Rücken agierte und dem man kein Wort glauben konnte. »Keine Integrität aus dieser Ecke«, lautete Badgers Urteil.

»Ich weiß nicht einmal, wie Sie heißen«, sagte er.

»Ich heiße Elsie.«

Er streckte die Hand aus. »Stan.«

Er hörte die Stimme seiner Mutter, die ihm zuflüsterte, er müsse vertrauenswürdig sein. Er sah Elsies Mutter, wie sie kiesknirschend ihren Gartenpfad herunterkam. Streng hatte sie ausgesehen, eine Frau, die nicht immer nur verständnisvoll sein würde. Sie war sicher niemand, an den Elsie sich mit ihren Zweifeln und Sorgen wenden konnte. Sie vermittelte den Eindruck, als wollte sie nicht belästigt werden, vor allem von Elsie nicht, die ihr im Lauf der Jahre genug zur Last gefallen war.

»Und wie geht's Ihrer Mutter?«, fragte er, als Kaffee und Rosinenbrötchen gebracht wurden.

Sie machte auf dem Tisch Platz für das Geschirr. »Es geht ihr sehr gut, vielen Dank.« Sie schaute ihn an, und er hatte einen Ausdruck auf dem Gesicht, als wollte er mehr hören – ob sie immer noch manchmal ihre Mutter umbringen wollte. »Ich liebe meine Mutter, falls Sie das wissen wollen. Es war nur ein Witz, was ich damals gesagt habe. Und meinen Vater sehe ich überhaupt nicht mehr.«

Er entspannte sich, goss sich Milch in den Kaffee und schob ihr den Teller mit den Rosinenbrötchen zu. »So was sagt man eben manchmal, nicht?«

»Sollte man aber nicht.«

Eine lange Pause entstand. »Sie wissen rein gar nichts von mir«, sagte er schließlich. »Es ist so. Es gibt gewisse unumgängliche Überlegungen.« Jetzt redete er wie Badger. Er wollte sich nicht mehr hinter Badger verstecken.

Seine Mutter hatte ihm immer gesagt, er müsse er selber sein. »Der Mann, wegen dem ich gesessen habe, war ein schlechter Mensch. Wie jeder wusste, hatte er mindestens einen Mann umgebracht, und ein anderer hatte beide Arme gebrochen und einen Schädelbruch. Wenn man für die Todesstrafe ist, na ja, dann wäre das die natürliche Konsequenz gewesen, nicht ...?«

Schon wieder redete er wie Badger. Er selber dachte ganz anders. Er hatte es aus Angst getan. Jetzt starrte er in seinen Kaffee. Ihre Hände lagen still auf dem Tisch, und er spürte, dass sie ihn wartend anschaute.

»Er hat diesen Bruder, Sie können sich vorstellen ... Ich bin hierhergekommen ... Ich habe ihn gesehen.«

Elsie wartete noch immer, aber nur, weil sie ihn nicht unterbrechen wollte, bevor er ausgeredet hatte. Sie wollte ihm gegenüber nicht unhöflich sein, wollte nicht, dass er sich in ihrer Gesellschaft unwohl fühlte. Sie hatte noch nie Angst in einem Gesicht gesehen. Außer bei Mr. Wakefield, der sich Sorgen machte, dass er sterben könnte, ohne dass er seiner Tochter hatte Gerechtigkeit widerfahren lassen. Das war eine andere Angst, nicht vor etwas, das hinter der nächsten Ecke lauerte, sondern vor etwas, das einen am Ende einer langen, flachen Straße im tiefen Schatten erwartete. Angst vor dem Tod zu haben, konnte sie sich nicht vorstellen, hatte ihr doch das Leben so wenig zu bieten – außer natürlich immer neue wunderschöne Gärten und hin und wieder einmal einen Blick aufs Meer. Wenn sie einen Garten im Sommer sah, versprach sie sich jedoch oft, dass sie zurückkehren und ihn sich im Frühling anschauen würde. Oder auch im Herbst. Sie hatte nichts zu sagen. Ihre Gedanken waren nicht für ihn bestimmt. Sie wartete.

Er zog den Teller mit den Rosinenbrötchen zu sich, schaute dann kurz zu ihr hoch, als Einladung, dass sie sich auch eins nehmen solle. Sie starrte ihn an, aber in ihren tief in den Höhlen liegenden Augen war nichts zu lesen.

»Die Sache ist die, Elsie, er hat herausgefunden, wo ich wohne. Hätten Sie für ein oder zwei Tage ein Bett für mich? Irgendeine Schlafstelle. Aber vermutlich führt diese Bitte zu weit.« Schon wieder Badger.

»Natürlich habe ich das«, sagte sie. »Natürlich. Aber ich will nicht, dass Sie den Eindruck haben, ich sei ein Befürworter der Todesstrafe. Denn das würde bedeuten, dass Sie gar nicht hier wären.«

Sie wollte seine Hand berühren, die leicht zitternd mit dem Teller hantierte. Aber sie wusste nicht, wie man das machte. Außer bei dem alten Mr. Wakefield, wenn der von den vielen Medikamenten, die er erhielt, einschlief. Auch bei den anderen, die, wenn sie schläfrig wurden, jemanden zum Reden wollten. Allerdings, wenn sie aufwachten, sollte man nicht mehr dort sein, sonst jagte man ihnen Angst ein, wenn man aussah wie eine dieser Monsterfratzen, die einen am Hölleneingang in Empfang nahmen, und nicht wie ein wunderschöner Engel, der säuselte: »Willkommen, mein Lieber, im Jenseits …«

Stan schaute sie wieder an. Auf ihrem Gesicht hätte fast ein Lächeln sein können. Oder sie erinnerte sich an etwas. »Sie haben von mir nichts zu befürchten, Elsie.«

»Ich weiß, Stan«, erwiderte sie und ging zur Theke, um den Kaffee und die Rosinenbrötchen, die sie nicht angerührt hatten, zu bezahlen. Der Besitzer schaute über ihre Schulter und sah es.

»Es sind wunderbare Rosinenbrötchen«, sagte sie. »Sehr zuckrig. Mit vielen Rosinen. Aber wir haben keinen Appetit mehr.«

Sie gingen davon. Sie watschelte voraus, um ihm dem Weg zu zeigen, aber auch für den Fall, dass er nicht mit ihr gesehen werden wollte. Ihr Zimmer lag im obersten Stockwerk, doch als er ihr die Treppe hoch folgte, war da niemand, der sie sah. Stan lächelte, als er das Zimmer sah. Es war genau so, wie es seiner Mutter gefallen hätte, alles ordentlich und sauber, sogar das Tischtuch war gebügelt, und der grüne Teppich mit Blumenmuster war entweder neu oder frisch gereinigt. Es war ein hübsches, helles Zimmer, das Elsie zur Ehre gereichte, wie seine Mutter sagen würde. Sie öffnete die Tür zu einem sehr kleinen Badezimmer mit einer Dusche.

»Es ist nicht viel«, sagte sie. »Tut mir leid, wenn das Sofa nicht lang genug ist, aber Sie können ja die Kissen auf den Boden legen, wenn Ihnen das lieber ist.«

Sie öffnete den Kühlschrank, der ebenfalls brandneu aussah, und die Lebensmittel darin waren ordentlich aufgereiht. Sie zog die Vorhänge auf, um ihm den Ausblick auf die Häuser und Gärten gegenüber zu zeigen. »Schauen Sie«, sagte sie und deutete auf einen der Gärten. »Das ist eine Magnolie. Im Frühling ist die ganz wunderbar.«

Er konnte sein Glück kaum glauben. Bestimmt merkte sie, wie dankbar er war, ohne dass er ein Wort sagen musste. Aber sie stand da und wartete, dass er etwas sagte.

»Großartig«, sagte er. »Wirklich großartig. Danke.«

Sie deutete zur anderen Tür. »Das ist mein Schlafzimmer. Es ist wie ein zweites Wohnzimmer mit einem kleinen Fernseher, den meine Mutter mir gekauft hat. Ich muss Sie dann nicht stören, aber wenn Sie wollen, können wir miteinander zu Abend essen.«

»Ich hole mir noch einige Sachen«, sagte er. »In ein paar Stunden bin ich zurück. Ich besorge uns Pizzas. Wie wäre das?«

»Ich liebe Pizza«, sagte sie.

Sein Zimmer war zerlegt worden: Die Vorhänge waren heruntergerissen, seine Klamotten aufgeschlitzt, alle Schubladen auf den Fußboden geleert, alle Ziergegenstände zertrümmert. Der Badezimmerspiegel war zerbrochen, Konservendosen waren auf den Teppich geleert worden. »Hoffe, dich nächstes Mal daheim anzutreffen«, stand in rotem Filzstift auf dem Fenster.

Er packte seine Toilettensachen zusammen mit ein paar Kleidungsstücken in eine Einkaufstüte und ging wieder die Treppe hinunter. Die zwei Frauen stritten lautstark über den kaputten Kühlschrank und hätten sich beinahe geprügelt.

»Sie können meinen haben«, sagte Stan. »Ich komme nicht mehr zurück.«

»Er hat nach Ihnen gefragt. Was für ein höflicher Mann das doch war.«

»Wirklich sehr nett«, sagte die andere und hob dann die Stimme. »Es stinkt. Genau das. Es stinkt wie die Seuche!«

Er erzählte Elsie, was mit seinem Zimmer passiert war, bemühte sich aber, es nicht zu ungewöhnlich klingen zu lassen, um sie nicht zu beunruhigen.

Sie versuchte, ebenso beiläufig zu klingen wie er. »Dann haben Sie mich ja vielleicht gerade rechtzeitig wiedergetroffen?«, sagte sie.

»Kann sein, dass Sie mir das Leben gerettet haben, Elsie«, sagte er.

Er wollte einen Ausdruck der Freude auf dieses verzogene Gesicht zaubern. Sie bewegte ihre kleine Hand über den Tisch auf die seine zu.

»Ich freue mich immer sehr, wenn ich helfen kann«, sagte sie.

Sie freute sich wirklich sehr. Sie freute sich wie noch nie. Sie freute sich noch mehr als an dem Tag, als sie Mr. Wakefields Brief zur Bank gebracht hatte und dann dieses zufriedene Lächeln auf seinem Gesicht sah, das sie noch nie zuvor gesehen hatte.

»Das ist eine wunderbare Pizza«, sagte sie.

Am folgenden Abend besuchte Stan Sherrill. Das kleine Mädchen war krank und hörte nicht auf zu weinen. Sie sagte ihm: »Nicht heute Abend, Stan.« Er gab ihr hundert

Pfund und sagte ihr, dass er wahrscheinlich eine ziemlich lange Zeit nicht mehr vorbeikommen könne. Sie sagte, der Vater des Mädchens sei an diesem Nachmittag hier gewesen und »hat erwartet, was er als sein Recht betrachtet, ohne mir einen Penny Unterstützung dazulassen«. Er konnte nicht sagen, ob sie geweint oder ob nur das Kind sie erschöpft hatte. Er nahm sie fest in den Arm, was ihn an alles erinnerte. Tränen traten ihm in die Augen, weil er nicht länger für sie da sein konnte. Sie hatte ihm oft gesagt, er behandle sie wie eine Prinzessin, verwöhne sie bis zum Gehtnichtmehr, und jetzt ließ er sie mit dieser Scheiße allein. Wenn alles anders gewesen wäre, dann wäre er gern mit ihr irgendwo anders hingezogen und hätte noch einmal ganz von vorn angefangen. Aber es war eben nicht alles anders. Sie wusste nicht einmal, was er getan hatte. Manchmal war Liebe sinnlos. Ab und zu würde er ihr irgendwie Geld zukommen lassen ... Nun sagte er es: »Ich liebe dich«, und sie drückte ihn, wiederholte es aber nicht. Das Leben ging einfach irgendwie weiter. Das Kind war endlich eingeschlafen. »Ich bin auch müde, Stan. Pass auf dich auf.« Sie wollte, dass er ging. Sie brauchte Erholung, Schlaf. Sie hätte sich ihm gegenüber anders verhalten, wenn sie gewusst hätte, was er getan hatte. Für ihn konnte es keine dauerhafte Liebe geben, hatte er doch ein Geheimnis zu hüten, das jeden Augenblick ans Tageslicht kommen konnte.

Als er wieder bei Elsie war, rief er seine Mutter an. Er sagte, er habe beschlossen umzuziehen, sie könne ihn deshalb unter seiner alten Nummer nicht mehr erreichen. Sie hatte immer gesagt, sie hätte gern ein Bild von seinem Zimmer in ihrem Kopf. Deshalb hatte er ihr eine Skizze und drei Fotos aus verschiedenen Blickwinkeln geschickt. Sie stellte sich gern vor, dass er, nach allem, was passiert war, jetzt bequem in einer ordentlichen Umgebung lebe. Er sagte ihr, er werde alles sehr sorgfältig einpacken.

»Bin froh, dass es dir gutgeht«, sagte sie am Anfang. »Ich habe mir Sorgen um dich gemacht.«

»Warum, Mum? Es gibt nichts, worum du dir Sorgen machen musst.«

Dann erzählte sie es ihm. »Dieser Mann kam hier vorbei. Sehr fett und verschwitzt, mit rötlich-blonden Haaren. Fragte mich, ob ich weiß, wo du bist. Ich sagte, ich hätte keinen blassen Schimmer. Dass du einfach verschwunden bist.«

»War das alles?«

»Er gab mir eine Telefonnummer und sagte, wenn ich je irgendwas von dir höre, soll ich ihn anrufen. Ich fragte ihn, was er überhaupt von dir will. Er sagte, es geht um was Geschäftliches ... Bist du noch dran, Stanley?«

»Ich bin da, Mum.«

»Es hat damit zu tun, was passiert ist, nicht?«

»Könnte sein.«

»Mach einfach 'ne Fliege, Stanley. Such dir irgendwo was Nettes. Schaff dir ein hübsches, kleines Zuhause.«

So einen Ausdruck hatte Stanley von seiner Mutter noch nie gehört.

»Ich rufe an, Mum. Mach dir keine Sorgen.«

»Natürlich mache ich mir Sorgen, du Dummerchen.«

Er rief seinen Freund noch einmal an, um herauszufinden, ob es irgendetwas Neues gab. Er sagte, Badger sei »im gegenwärtigen Augenblick ein klein wenig indisponiert«, und er rufe später zurück. Als er es tat, sagte er nur, dass Gingers Bruder sich blöd saufe und Badger nicht mehr interessiere. »Er ist eine erschöpfte Ressource, könnte man es nennen. Sagt aber immer noch, dass er dich irgendwann kriegt. Dachte mir, ich sag's dir lieber ehrlich, nur um der alten Zeiten willen.« Badger hatte in Umlauf gebracht, dass Stanley es aus eigenem Antrieb getan habe. Kein Mensch wusste, dass Badger ihm gesagt hatte, er wolle nicht, dass ihm oder seinen Lieben irgendwas zustoße, »deiner reizenden Mutter zum Beispiel«. Sein Freund sagte, Badger erwarte nicht, je wieder etwas von ihm zu hören. Er habe es ein wenig anders formuliert. »Er meint, es sei an der Zeit, einen diskreten Schlussstrich zu ziehen ...« Stan ließ ihn nicht ausreden, dankte ihm und legte auf.

Er beschloss, Elsie alles zu erzählen. Es war nicht so, als wollte er sich irgendjemand anvertrauen. Er wollte nur nicht, dass sie Angst vor ihm hatte. Obwohl in ihrem Gesicht absolut keine Reaktion zu erkennen war, bewegte sich ihre Hand auf dem Tisch ein wenig auf ihn zu, und manchmal nickte sie. Er wollte, dass sie sagte, sie verstehe, aber sie schien alles einfach aufzunehmen.

Einmal hatte er keine Lust mehr zu erzählen und sagte

beinahe verärgert: »Sie müssen mich für entsetzlichen Abschaum halten, sicher wären Sie mich gern wieder los.« Weder schüttelte sie den Kopf, noch nickte sie. »Sie müssen es nur sagen.«

Ihre Hand lag dicht an seiner auf dem Tisch, und sie zog sie ein kleines Stück zurück. Dann räusperte sie sich. »Wie können Sie so etwas sagen, Stan? Ich bin kein Richter. Die Welt ist so, wie sie ist.«

Er stand auf und schaltete den Fernseher an, und sie ging Nudeln fürs Abendessen kochen.

Er sagte ihr, in dieser Woche werde er fast jeden Abend unterwegs sein. Frank hatte in den Vorstädten ein paar neue Jobs gefunden. Nichts Großes. Er würde nur den Transporter fahren. Am vergangenen Dienstag hatte Frank gesagt, er denke daran, mit den ganzen Geschichten Schluss zu machen. Er habe den Mumm nicht mehr dafür und keine Lust, in seinem Alter noch einmal einzufahren, schließlich habe er ja auch seine Verpflichtungen. Stan hatte Elsie nie von Frank und den gemeinsamen Jobs erzählt. Sie hätte ihn gebeten, es nicht mehr zu machen. Und er hätte auch damit aufgehört. Das war er ihr schuldig. Vor allem, nachdem er den Silberrahmen mit dem Hochzeitsfoto ihrer Mum und ihres Dads geklaut hatte. Sie hatte ihm so wenig von sich selber erzählt. Sie hatte gesagt, da gebe es eigentlich nichts zu erzählen: ein Vater, der mit einer anderen Frau durchgebrannt sei und jetzt alt werde; ein Bruder mit Zwillingen und eine Mutter, die sie von Zeit zu Zeit besuche und mit der sie ganz gut zurechtkomme, ohne irgendwelche Vorwürfe. Auch ihrem Vater mache sie keine Vorwürfe, jetzt nicht mehr.

Zwei Wochen vergingen. Wenn Stan zu Hause war, aßen sie zusammen zu Abend und schauten fern. Er erzählte ihr mehr von sich, vor allem über seine Mutter, wie ordentlich und penibel sie war und dass sie ihm beigebracht hatte, ein gewisses Niveau zu bewahren. »Es würde ihr sehr gefallen, was Sie aus Ihrer Wohnung gemacht haben, das ist mal klar«, sagte er ihr. An den Wochenenden besuchte Elsie Gärten. Er wollte sie nicht begleiten. Er sagte ihr, er sei kein großer Gartenfreund. Es war allerdings der Gedanke, von Leuten gesehen zu werden, die sich irgendwo weit weg hinter Bäumen versteckten und ihn im Auge behielten. Mit ihr zusammen würde er Aufmerksamkeit auf sich ziehen, weil die Leute sich fragen würden, was die beiden zusammengebracht hatte. Er hatte immer stärker das Gefühl, dass er verfolgt wurde, dass Johnny Boyd ihm immer näher kam. Nachdem er im Lagerhaus seine Papiere abgeholt hatte, meinte er, ihn ziemlich eindeutig zu erkennen, als er in den Bus zurück zu Elsies Wohnung einsteigen wollte. Also nahm er die U-Bahn und stieg mehrmals um, bis er sicher war, dass er ihn abgeschüttelt hatte.

Er musste es Elsie erzählen. Wegen der Gefahr, in die er sie brachte, sagte er. Als er es aussprach, wusste er, dass es stimmte, dass ihm an seinem eigenen Leben nicht mehr sonderlich viel lag. So konnte es nicht weitergehen. Er sagte, er werde weiterziehen müssen. Er wollte weit weg.

Ein neues Leben anfangen. Aber es wäre dasselbe wie das alte, leer und nutzlos. Er sagte, er sei ihr sehr dankbar für alles, was sie für ihn getan habe. »Sie haben ein gutes Herz, wissen Sie das, Elsie?« Sie nickte und sagte, das sei doch nichts. Er wusste nicht einmal, ob seine Dankbarkeit ihr irgendetwas bedeutete.

»Hat mich gefreut, dass ich helfen konnte«, sagte sie. Sie wollte ihm zeigen, dass auch sie eine gute Erziehung genossen hatte.

Er stand auf und wollte ihr den Arm um die Schultern legen, aber vielleicht wollte sie das nicht. Sie schien sich von ihm zurückzuziehen. Er stand halb hinter ihr, und dann war sie es, die die Initiative übernahm, sie legte ihm nur kurz die Finger auf den Handrücken, aber es hätte auch ein Versehen sein können, als sie aufstand, um den Tisch abzuräumen und Stan noch ein Bier einzuschenken.

XI

Dorothy wartete auf Elsies allmonatlichen Besuch. Wie immer fragte sie sich, was sie zu reden finden würden. Ihrer beider Leben verlief sehr gleichförmig. Elsie hatte eine neue Putzstelle in einem Pflegeheim gefunden, und man konnte kaum erwarten, dass sie viel übers Bodenwischen und Toilettenputzen usw. sagen würde. »Aber es macht mich stolz, Mutter«, hatte sie einmal gesagt. Das war etwas, das sie von Elsie immer gewusst hatte, sobald sie merkte, dass sie anders war als andere Menschen. Sie gab sich große Mühe mit ihren Hausaufgaben. Aber dazwischen saß sie oft da, den Kopf in die Hand gestützt, und träumte. »Einen Penny für deine Gedanken«, hatte sie mehr als einmal gesagt. Was für Träume sie hatte, konnte Dorothy sich nicht vorstellen, außer anders sein zu wollen, als sie war. Sie hörte das Kiesknirschen auf der Einfahrt. Arme Elsie. Was konnte sie nur für sie tun? Ihr den Zuschuss erhöhen? Das wäre doch etwas. Damit sie reisen konnte, wohin sie wollte, um ihre Gärten zu sehen, um die Träume auszuleben, die sie ihr schenkten.

Elsie trank ihren Tee zu hastig. Warum sah ihre Mutter immer so aus, als hätte sie sich eben erst die Haare machen lassen? Die Frisur schien ihr Gesicht steif zu machen wie ein unbequemer, enger Helm, der herunterfallen konnte, wenn sie den Kopf zu schnell bewegte. Es sah auch so aus, als hätte sie viel Zeit auf ihr Make-up verwendet, als hätte sie zuerst zu viel aufgelegt und danach wieder etwas entfernen müssen. Machte sie sich extra wegen ihr so viel Mühe? Früher hatte ihre Mutter sie nie sehr lange angeschaut. Jetzt war das anders. Jetzt war es so, als würde sie versuchen, nicht zu starren, sich aber gleichzeitig zwingen, nicht wegzusehen, als würde sie versuchen, nicht traurig auszusehen oder angemessen froh über ihren Besuch. Ihre Augen hatten keinen Ausdruck. Dann füllten sie sich plötzlich mit Entschuldigung, sogar Kummer. Was war es, was ihr Vater in ihr gesehen oder nicht gesehen hatte? Elsie kam sich vor, als würde sie auf sich und ihre Mutter hinabschauen, über ihnen beiden schweben, bereit, davonzufliegen zu den Wipfeln der Bäume. Ihre Mutter redete eben.

»Dein Onkel Henry wird nach Spanien ziehen. Aber das habe ich dir ja schon erzählt. Er ist jetzt dort unten und macht alles wasserdicht.«

»Ich nehme an, es ist sehr schön mit dem ganzen Sonnenschein«, sagte Elsie. »Wird er dich dorthin einladen?«

»Ich denke schon, aber ich werde nicht hinfahren.«

Elsie wollte nicht fragen, warum nicht. So eine Frage stellte sie ihrer Mutter nicht. Es war merkwürdig, dass sie so wenig Interesse an einem Besuch in Spanien hatte. Steckte da noch etwas anderes dahinter? Dorothy seufzte und schaute zum Fenster hinaus, als würde sie dort einen

Schandfleck sehen, den man schon vor langer Zeit hätte entfernen müssen. »Für den Augenblick hat er das Cottage wieder vom Markt genommen. Sein Cottage, wie ich dich wohl kaum erinnern muss.« Elsie nickte nur. »Er hat allerdings gesagt, Geoffrey könnte es benutzen, oder eben auch ich.« Dorothy nickte in die Richtung des Schreibtisches ihres Vaters. »Hat mir die Schlüssel dagelassen. Meinte, wenn ich Lust dazu hätte, könnte ich ja mal hinfahren und nachschauen, ob alles in Ordnung ist. Als ob das je vorkommen würde.«

Elsie brauchte nicht zu fragen. Sie war nahe am Schreibtisch und konnte nach den Schlüsseln greifen. Sie hielt sie in der Hand, als wollte sie sie wiegen.

»Meinst du, ich könnte ...?«

»Aber natürlich, Elsie.« Dann war sie sich nicht mehr ganz so sicher. »Na ja, wenn ... ich sehe zwar nicht, warum nicht, aber ...«

Elsie behielt die Schlüssel in der Hand. »Was ist mit Geoffrey?«, fragte sie.

»Für ihn ist das viel zu weit. Um ehrlich zu sein, er würde nicht mal mehr im Traum daran denken, nicht nach dem, was Onkel Henry das letzte Mal zu ihm sagte.« Sie machte seine Stimme nach. »Wir bräuchten da schon ein bisschen frühzeitiger Bescheid, alter Junge.«

Elsie umklammerte die Schlüssel fester, als wollte Dorothy, dass sie sie wieder auf den Schreibtisch zurücklegte und es sich aus dem Kopf schlug, sie könnte je in dem Cottage wohnen, vielleicht sogar einige Freunde aus dem Krankenhaus, oder wo sie jetzt gerade arbeitete, mitbringen.

»Elsie, meine Liebe. Ich dachte mir, ich gebe dir ein bisschen mehr Zuschuss.« Sie streckte die Hand nach den Schlüsseln aus, aber Elsie dachte, sie wolle noch eine Tasse Tee. »Bei den ganzen Ausflügen, die du machst, und was die Zugfahrkarten heutzutage kosten.«

Elsie sagte nichts zur Erhöhung ihres Zuschusses. Was bitte und danke sagen anging, war sie immer penibel gewesen. So hatte man es ihr beigebracht, als würden perfekte Manieren ein wenig den Eindruck wettmachen, den sie sonst vermittelte. Sie war erst eine halbe Stunde da. Die Schlüssel hatte sie noch immer in der Hand.

»Ich glaube, ich würde gern für eine Weile dort hingehen, Mutter, wenn Onkel Henry nichts dagegen hat. Ich kann das Cottage mal gründlich putzen, die Wände neu streichen und solche Sachen.«

»Ach, ich glaube nicht ...«, setzte Dorothy an. Sie hatte keine Ahnung, ob Elsie je schon einmal einen Pinsel in der Hand gehabt hatte.

»Ich habe meine Küche und das Badezimmer gemacht. Mit Lack und Dispersion. Tropffreie Farbe. Das habe ich dir doch erzählt.«

»Hab ich wohl vergessen ...«

Dann erinnerte sie sich an Henrys Brief, sah sein Gesicht wieder vor sich, mit dem er das Spode-Porzellan und das Cottage preislich taxiert hatte. Ein glänzendes, besserwisserisches Gesicht, das ausdrückte: »Da hast du aber ein Schnäppchen gemacht, Dotty.« Erinnerte sich auch an eins der letzten Dinge, die ihr Vater zu ihr gesagt hatte: »Vor Henry solltest du dich in Acht nehmen. Wird ein bisschen vulgär, wenn du mich fragst. Lass dir nichts gefallen von ihm.« Henry hatte sie schon immer in ihre Schranken verwiesen, hatte seine Prüfungen mit fliegenden Fahnen bestanden und so weiter, sie dagegen konnte mit kaum etwas glänzen. Sie sah Henrys Gesicht bei ihrer Hochzeit, wie er zu Robert hinüberschaute, als würde er denken: Na ja, keine Überraschung, dass sie sich nichts Besseres geangelt hat. Sie hatte mitbekommen, wie er zu Pru sagte: »Ordinärer kleiner Scheißer.« Nachdem Robert sie verlassen hatte, hatte Henry gesagt: »Ist nicht schade um ihn, wenn du mich fragst.« Für sie war es mehr als schade. Es zerriss ihr das Herz.

»Natürlich, Elsie, du sollst dort bleiben, solange du willst. Natürlich. Hab ein Auge darauf, für mich. Ich weiß, dass Onkel Henry sehr dankbar sein wird ...«

Elsie öffnete ihre Handtasche und hielt die Schlüssel darüber. »Kann ich die Schlüssel jetzt gleich behalten?«

Wie üblich war in ihrem Gesicht nichts zu erkennen, aber in ihrer sonst so heiseren Stimme lag ein Eifer und eine Weichheit, die Dorothy noch nie gehört hatte, und sie dachte: Wann hat Elsie je schon mal etwas, worauf sie sich freut? Sie würde zurechtkommen, sie würde es schaffen, sie würde sich vom Leben nicht unterkriegen lassen. Wenn sie über die Gärten des National Trust sprach, redete sie, als würde sie aus einer Broschüre vorlesen.

»Aber natürlich, Elsie. Unbedingt.«

Elsie ließ die Schlüssel in ihre Handtasche fallen und ging zu ihrer Mutter, um sie zu küssen. Sie hatte ihr immer das Unglück ersparen wollen, sich darüber den Kopf zerbrechen zu müssen, wie sie in der Welt zurechtkam. Wenn sie sich trafen, sagte sie oft: »Du brauchst dir keine Sorgen zu machen. Mir geht es wirklich gut. Dank dir habe ich meine hübsche Wohnung, und ich habe meine Arbeit.« Solche Sachen. Sie konnte ihre Stimme nicht so klingen lassen, als würde sie das wirklich ernst meinen, als wollte sie nicht nur ihre Mutter aufmuntern. Aber sie wusste selbst nicht, ob sie es ernst meinte, ob es ihr tatsächlich gutging. Wenn ihre Mutter sie fragte, ob sie glücklich sei, wusste sie nie so recht, was Glücklichsein eigentlich bedeutete. Oder Unglücklichsein. Fast von allem Anfang an hatte sie nichts, womit sie diese beiden Zustände hätte vergleichen können. Jetzt würde es vielleicht anders werden. Wenn sie Stan ins Cottage mitnehmen könnte, um einen neuen Anfang zu wagen.

»Mach dir keine Sorgen, Mutter«, sagte sie. »Du brauchst dir wirklich keine Sorgen zu machen. Ich war fast mein ganzes Leben lang Putzfrau, und jetzt ist es zu spät, um so alte Gewohnheiten noch zu ändern.«

XII

Stan war sich anfangs unsicher, schließlich war es ziemlich weit bis nach Dorset. Er hatte keine Ahnung vom Land, konnte sich nicht vorstellen, dort zu leben. Er wäre noch weiter weg von seiner Mutter. Es würde ihm schwerfallen, sich an Elsies ständige Anwesenheit zu gewöhnen, auch wenn er ihr nichts vorwerfen konnte. Sie würde tun, was getan werden musste, und alles sauber halten. Er fragte sich, ob es dort auch einen Garten gab. Immerhin, sicher wäre es. Wenn er sich dort verkriechen könnte, um Bilanz zu ziehen. Er könnte sich die Haare und den Bart länger wachsen lassen. Er stand an ihrem Fenster, schaute auf die Straße hinunter und dachte sich, dass dieser schüttere, rötlich-blonde Kopf jetzt jeden Tag wieder auftauchen konnte. Er ging zum rückwärtigen Fenster und schaute hinaus auf die Bäume, die sie ihm mit dieser Aufregung in der Stimme gezeigt hatte. Nur ein Baum.

Als Elsie am nächsten Abend das Geschirr wusch, sagte er zu ihr: »Ich besorge ein Auto, Elsie.«

Sie drehte sich um. Wie immer war kein Lächeln oder sonst irgendein Ausdruck zu sehen, aber sie wischte sich die Hände an der Schürze ab und zeigte ihm die hochgereckten Daumen.

Das Cottage stand etwas abseits am Rand des Dorfes. Ein Zu-Verkaufen-Schild lag neben dem Tor. Stan trug ihre Koffer den Gartenpfad hinunter. Elsie fiel auf, dass er frisch gepflastert war, aber aus einigen der Fugen wuchsen Unkraut und Gras. Der Rasen musste gemäht werden, und unter den Sträuchern in den Blumenbeeten wucherte ebenfalls Unkraut. Sie fragte sich, ob Stan ihr zur Hand gehen würde, wenn sie Ordnung schuf, wie seine Mutter es sich vielleicht von ihm wünschen würde. Auf dem Foto, das Stan ihr gezeigt hatte, hatte sie so ein freundliches Gesicht. Allerdings lächelte sie nicht. Freundlich, aber auch selbstsicher, sogar selbstgerecht.

Ohne ein Wort gingen sie durch das Cottage. Elsie fuhr mit dem Finger über die dünnen Staubschichten. Möbel und Teppiche und Vorhänge sahen ziemlich neu aus, und auf den Betten in den beiden Schlafzimmern oben lagen Patchwork-Steppdecken. Die Küche war voll ausgestattet, und in dem Schrank unter der Treppe gab es einen Staubsauger und Putzzeug. Elsie schaute Stan kurz an und fragte sich, was er dachte. »Sehr hübsch, Elsie. Sehr hübsch«, sagte er von Zeit zu Zeit. Er würde etwas zu tun haben, während er wartete, worauf, wusste sie nicht. Vielleicht konnte er seine Mutter hierher einladen, damit sie das Cottage sah. Sie öffnete die Fenster, um frische Luft hereinzulassen. Im Garten hinter dem Haus stand ein Apfelbaum, an dem sich jetzt, nach der Blüte, bereits kleine Äpfel bildeten. Das Gras war hier sogar noch länger als vor dem Haus. Wahrscheinlich stand ein Rasenmäher im Schuppen am

Ende des Gartens, wo sicherlich auch anderes Werkzeug ordentlich aufgeräumt hing. So hatte Onkel Henry es gern, alles blitzblank und an seinem Ort. Es gab sogar einen ziemlich neu aussehenden Fernseher. Sie würde ihn nicht enttäuschen, und auch Tante Pru nicht, die zwar herrisch, aber vor langer Zeit einmal sehr freundlich gewesen war, sie bei der Hand genommen hatte und mit ihr sogar im Park herumgelaufen war.

Es gab zwei Schlafzimmer, und Elsie fragte ihn, welches ihm lieber wäre. Er sagte, das sei ihre Entscheidung, und deshalb nahm sie das Zimmer, das auf den Garten hinausging. Er war froh darüber, weil er so die Straße im Auge behalten konnte. Sie bot ihm an, sein Bett zu machen, doch er sagte sehr entschieden, das mache er selber, aber trotzdem danke. Er wollte nicht, dass sie für ihn die Dienstmagd spielte. Beinahe hätte er hinzugefügt, dass er auch sein Zimmer selber putzen werde, aber vielleicht betrachtete sie das als ihre Aufgabe, als etwas, das sie gut konnte, und er wollte ihre Gefühle nicht verletzen.

»Ich fahre los und besorge uns ein paar Lebensmittel«, sagte Stan, nachdem er alle Küchenschränke geöffnet und nachgeschaut hatte, was vorhanden war. Er hatte eine Liste geschrieben, die er nun Elsie zeigte, und sie sagte ihm, er habe an alles gedacht. Sie hatten zwar einen Dorfladen entdeckt, aber er sagte, er wolle zu dem Budgen's in der letzten Stadt fahren, durch die sie gekommen waren. Während er unterwegs war, fing sie sofort an, Staub zu wischen und dann zu saugen. Sie wollte, dass alles makellos war, wenn er zurückkam. Sie wollte ihm einen friedlichen Ort schaffen, wo er in Ruhe überlegen konnte, was er mit seinem Leben anfangen sollte, fast wie ein Zuhause. Sie hatte ihre Brieftasche aufgemacht, aber er hatte gesagt, sie solle es gut sein lassen.

Er fuhr davon und versuchte sich zu überlegen, was er tun würde, wie er seine Tage verbringen würde, an einem solchen Ort, der zweifellos nett und gemütlich war. Tags darauf würde er sich in irgendeiner Nebenstraße in irgendeinem Kaff das Auto vom Hals schaffen und ein eigenes kaufen müssen. Er hätte sehr gern gewusst, wie viel Geld Elsie hatte, obwohl von Badgers immer noch etwas übrig war. Ein Auto brauchten sie, das stand außer Frage, mit oder ohne Dorfladen. Sie würden herumfahren müssen, und das Meer war auch nicht weit weg. Er hatte nicht vor, irgendetwas zu überstürzen. Auf der Herfahrt hatte er versucht, Elsie zu sagen, wie dankbar er war, und jetzt, da er das Cottage gesehen hatte, war er es noch mehr. Er fragte sich, wie er sich bei ihr dafür revanchieren konnte. Vielleicht war es ja schon eine Belohnung, jemanden zu haben, um den sie sich kümmern konnte. Auf dem Weg ins Haus hatte sie auf den Garten gezeigt und gesagt: »Da werden wir einiges tun müssen, Stan, meinen Sie nicht auch?« Er konnte den Garten machen, das war es, ihn sauber und in Ordnung halten. Seine Mutter wäre erstaunt zu sehen, wie er in einem perfekten kleinen Land-Cottage lebte, mit einem Garten vorn und hinten. Das waren seine Gedanken, als er die Lebensmittel kaufte und zurückfuhr und dann die Tür aufmachte, um das Cottage blitzsauber und Elsie mit einer Flasche Möbelpolitur in der Hand zu sehen, mit der sie Glanz auf den Tisch zauberte.

Sie saßen mit Tee und Keksen am Tisch. Stan lächelte sie an und konnte nicht aufhören zu nicken und immer wieder zu sagen: »Das ist das richtige Leben, Elsie.« Jedes Mal erwiderte sie: »Ja, das ist es, nicht?« Sie war glücklich und sagte ihm, sie habe im Sicherungskasten den Strom und außerdem den Heißwasserboiler eingeschaltet.

»Jetzt funktioniert alles perfekt«, sagte sie.

»Ich will uns morgen ein Auto kaufen. Irgendwelche Vorlieben in Bezug auf Marke und dergleichen?«

Sie wollte eben fragen, was mit dem Auto nicht stimmte, mit dem sie hierhergefahren waren, aber Stan unterbrach sie: »Tut mir leid, Elsie, aber die Zeit war ziemlich knapp, nicht? Die Leute kriegen es in einem Stück zurück. Sehen Sie es mal so.«

Sie nickte. »Ich habe mir schon immer ein schwarzes Auto gewünscht«, sagte sie. »Nichts zu Auffälliges.«

Stan beugte vor ihr den Kopf. »Ihr Wunsch wird in Erfüllung gehen, meine Dame«, sagte er und dachte noch einmal, dass er sehr gern gewusst hätte, welchen Beitrag sie zu alldem leisten konnte.

Die Tage vergingen. Elsie rief Dorothy an und sagte ihr, dass mit dem Cottage alles in Ordnung sei und sie sich so darum kümmere, wie Onkel Henry es sich wünschen würde.

Auch um den Garten. Ein Mann war vorbeigekommen und hatte gesagt, man habe ihn gebeten, alle vierzehn Tage nach dem Garten zu sehen, hatte dabei immer wieder zum Tor geschaut, als wäre das ein Fluchtweg für ihn. Wenn er nicht gebraucht werde, sei ihm das nur recht, er habe auch sonst genügend zu tun. Er war fast so klein wie Elsie, also konnte er gar nicht anders, als sie anzuschauen. Er fing an, sich in den Haaren zu kratzen, als hätte er plötzlich Flöhe bekommen. Er hatte Lücken zwischen den Zähnen, und seine Stimme war heiser, als würde er sich auf einen Streit vorbereiten. Dann sah er Stan, der mit einer Tasse Kaffee aus der Küche kam.

»Dann bleiben Sie also länger hier?«, fragte er.

»Wir spielen nur die Hausmeister für meinen Onkel …«

Der Mann schaute noch einmal zu Stan und rührte sich nicht von der Stelle. Auch sie schaute Stan an. Die Tasse in der Hand, stand er einfach nur da. Mit seinem immer länger werdenden Bart, den dichten, ungekämmten Haaren und der gerunzelten Stirn sah er aus, als wäre er auf einen Streit aus. Sie wollte nicht, dass sich dieser Eindruck von ihm im Dorf herumsprach. Plötzlich fielen ihr die Vorstellungen wieder ein, die sie von ihrem Vater gehabt hatte, wie er ein Schiff durch stürmische See steuerte. Sie stellte ihn sich so vor, wenn sie im Fernsehen Sendungen über das Leben von Fischern sah.

»Mein Cousin war zur See«, sagte sie. »Lange Zeit. Und jetzt gönnt er sich eine Ruhepause.«

Das schien den Mann zufriedenzustellen. »Ein Leben auf der Meereswoge, was? Die ganze Welt sehen«, sagte er.

»Das wäre auch was für mich.« Er hob die Hand und winkte Stan, wie ein Seefahrer dem anderen, und dann ging er den Pfad wieder hinunter, schaute links und rechts auf den frisch gemähten Rasen und schüttelte den Kopf.

»Das bin ich also«, sagte Stan. »War in meinem ganzen Leben noch nie auf See, außer auf dieser verdammten Fähre. Seekrank bis zum Gehtnichtmehr.«

Er schaute sie an und lachte. Sie hatte ihn zuvor noch nie lachen gehört. Sie konnte sich vorstellen, wie er gewesen wäre, wenn nichts mit ihm passiert wäre, wie er sich mit den Jungs einen gelacht hätte, wie es so schön hieß. Sie hätte auch gern gelacht, ohne dass ihr Gesicht dabei aussah, als hätte sie Schmerzen.

»Wir müssen das durchziehen«, sagte er und lachte noch ein wenig. »Im Dorfladen. Da krachen doch die Spanten, wenn das kein schöner Schellfisch ist, aus großer Tiefe hochgeholt.«

Er hatte keine Ahnung, ob Seemänner so redeten.

»Nein, Stan«, sagte Elsie. »Da müssen wir uns ein paar bessere Ausdrücke einfallen lassen.«

So hatte sie noch nie mit ihm gesprochen, wie ein Tadel, wie dieser Aufseher in Edgar Wakefields Krankenhaus, der in der Toilette einen ungewischten Bereich gefunden hatte, der gar nicht zu ihrer Arbeit gehört hatte. Sie hatte sich trotzdem entschuldigt, als wäre es ihre Verantwortung gewesen. Irgendwie kam sie mit Schwierigkeiten leichter zurecht, weil die Leute am Ende immer Mitleid mit ihr hatten. Wenn sie schon für ihr Gesicht nichts konnte, fragten sie sich vielleicht, ob es überhaupt irgendwas gab, wofür sie etwas konnte. Sie wollte nicht, dass dieses neue Mädchen in Schwierigkeiten kam, weil ihre Mutter doch keinen Mann hatte, aber fünf Kinder, um die sie sich kümmern musste.

»Ay, ay, Käpt'n« sagte Stan und salutierte. »Ich sollte mir besser eine dieser Mützen besorgen.«

Zweimal pro Woche rief sie Dorothy an. Onkel Henry war noch immer in Spanien. Sie hatten Probleme mit Bauarbeitern und Anwälten und mussten vor Ort bleiben, um sie zu lösen. Sie hatte ihm nicht gesagt, dass Elsie sich um das Cottage kümmerte. Er hätte vielleicht erwidert, dass Elsie dort nicht bleiben könne, wenn ihre Freunde von der Putztruppe dort einfielen und sie einfach zu nett und zu freundlich sei, um sie wieder wegzuschicken. So hatte er das einmal formuliert. Dorothy konnte sich Elsie ganz allein in einem Cottage auf dem Land einfach nicht vorstellen. Da musste es Schwierigkeiten und Sorgen geben, deshalb sagte sie ihr, sie werde etwas mehr von dem Geld, das Onkel Henry ihr dagelassen hatte, auf ihr Konto überweisen.

»Was fängst du denn mit deiner Zeit an, Elsie?«

»Da gibt es einen Bus, Mutter, mit dem komme ich überall hin, vor allem natürlich ans Meer.«

»Ich nehme an, es gibt auch einige nette Leute dort. Auf dem Land gibt's mehr Freundlichkeit, das habe ich zumindest gehört.«

Das war allerdings nicht, was Henry ihr gesagt hatte: Fremde mochte man dort nicht sonderlich. Dorothy dachte sich, dass es wahrscheinlich Henry war, den man nicht mochte. Sie konnte sich gut vorstellen, wie er den feinen Pinkel spielte, mit einem Spazierstock und so einer flachen Kappe auf dem Kopf durch die Straßen stolzierte. Pru konnte sie sich dort überhaupt nicht vorstellen. Aber sie war eine Leseratte, wie Elsie, und das reichte ihr vielleicht neben den Fahrten zu Restaurants, wo sie dann mit lauter Stimme ihre Reden schwang.

»Eigentlich habe ich bis jetzt noch niemanden kennengelernt. Bis auf einen Mann, der kam, um den Garten zu machen, was wir aber selber schaffen. So können wir Onkel Henry das Geld sparen.«

Dorothy zögerte. Elsie sprach nicht sehr deutlich, sie verschluckte die Vokale, als würden ihr die Wörter im Hals stecken bleiben und es nicht so recht bis zur Zunge schaffen. »Wir?« Es gab eine Pause. »Hast du Freunde bei dir, Elsie? Ich verstehe das gut. Es muss sehr schwer sein, sie abzuweisen.« Plötzlich fühlte sie sich sehr erleichtert, dass Elsie überhaupt Freunde hatte.

»O nein, Mutter. Bitte sag Onkel Henry, dass ich keine Freunde hier übernachten lassen werde. Außer dir weiß niemand, wo ich bin.«

Tatsächlich hatten sie, abgesehen von dem Gärtner, im Dorf bereits zwei oder drei Leute kennengelernt. Als sie in den Laden gingen, fragte die Frau hinter der Ladentheke Elsie geradeheraus, ob sie lange in dem Cottage bleiben werde. Sie war eine große Frau, die ihre Haare hinten zusammengefasst trug, was ihr Gesicht zu straffen und die

Augenbrauen in die Höhe zu ziehen schien. Sie hatte einen neugierigen Blick, egal, was sie sagte, und sie schaute auf ihre Einkäufe hinunter, als könne sie nicht glauben, dass Leute tatsächlich so etwas kaufen wollten. »Ist das dann alles?« klang bei ihr so, als wäre es viel zu viel oder kaum der Mühe wert.

Elsie sagte, sie kümmere sich um das Cottage für ihren Onkel, der gerade in Spanien sei.

»Dann steht es also nicht mehr zum Verkauf?«

Elsie wusste nicht so recht, was sie darauf antworten sollte, und meinte, sie werde sich erkundigen. Die Frau betrachtete Stan sehr eingehend, als er die Einkäufe in eine Plastiktüte packte. Stan hatte noch kein Wort gesagt, und die Frau gab ihm, mit noch weiter hochgezogenen Augenbrauen, zu verstehen, dass es so langsam an der Zeit dafür wäre. Als er alles eingepackt hatte, hob er den Kopf und sah, dass sie ihn immer noch erwartungsvoll anschaute. Er nahm eine Dose Sardinen zur Hand.

»Wie geht mir doch die alte Salzpfütze ab«, sagte er mit extra rauer Stimme.

»Wie bitte?«, fragte die Frau, als hätte er etwas Abschätziges über den Laden und die Sardinen gesagt, die sie verkaufte.

Elsie hätte sehr gern gelacht, aber die Frau hätte es nur als ein Knurren missverstanden. Es war das Komischste, was sie seit langem gehört hatte: Stan, dem die alte Salzpfütze abging. Er schaffte es jetzt, nur zu brummen, und wandte sich zum Gehen.

Sie starrte die Frau an, die sich mit einem Seufzen abwandte, nicht gerade einem Seufzen des Ekels, sondern als wollte sie sagen: Es hat einmal Zeiten gegeben, da waren die Kunden noch nicht so, ganz und gar nicht.

Elsie erinnerte sich an ein Lied aus alter Zeit, das sie jetzt halb sang: *»Ein Leben auf der Meereswoge ...«*

Stan drehte sich um und riss die Augen auf. »Beim Klabauter!«, sagte er. Und dann zu der Ladenbesitzerin: »Wir Seefahrer ...«

Draußen stupste er sie an. »Hochnäsige Kuh!«, sagte er.

Im Laden war vor ihnen noch eine andere Frau gewesen, die ihnen drinnen keine Beachtung geschenkt hatte. Jetzt eilte sie einige Schritte hinter ihnen her.

»Entschuldigen Sie«, sagte sie. »Sie wohnen doch im Rosetree Cottage ... Ich habe Sie gesehen ... Ich wohne nebenan ... Ich dachte mir nur, wenn irgendetwas ist ... Es tut mir ja so leid ...«

Wahrscheinlich, weil sie sie erst jetzt, im Freien, genauer hatte anschauen können, dachte Elsie. Stan runzelte die Stirn, als hätte er nicht alles verstanden, was die Frau da redete, und wollte sich die Mühe eigentlich auch gar nicht machen. Die Frau war rot geworden. Sie hatte ein starres Lächeln auf dem Gesicht, als hielte sie es dauernd in Bereitschaft. Die Augen hinter ihrer Brille funkelten. Vielleicht waren es Tränen, es hätte aber auch Verlegenheit sein können. Ein Windstoß fuhr ihr in die dünnen grauen Haare, und sie hielt die Hand darüber. Elsie musste etwas sagen.

»Freut mich sehr, Ihre Bekanntschaft zu machen«, sagte sie. Sie warf Stan einen kurzen Blick zu und wünschte sich, er würde nicht mehr so argwöhnisch schauen. Hier war jemand, von dem sie nichts zu befürchten hatten. »Es wäre sehr schön, wenn wir uns näher kennenlernen könnten.«

Die Frau war zu verlegen, um etwas zu sagen. Elsie wusste, dass ihre Stimme alles andere als freundlich geklungen hatte, und Stan starrte immer noch finster. Warum sagte er nicht auch etwas? »Meinst du nicht auch, Stanley?« Seeleute waren doch angeblich immer fröhlich und offen.

»Aber kommen Sie uns doch einmal besuchen«, sagte die Frau. »Meine Enkelin ist …« Doch dann brach sie ab, als hätte sie zu viel zu sagen. Ihr Lächeln war jetzt entschuldigend, fast beschämt. »Bitte kommen Sie«, wiederholte sie und ließ sie stehen.

»Komische alte Schachtel«, sagte Stan. »Mit Nachbarn wollen wir nicht allzu viel zu tun haben, nicht? Wegen dem ganzen Gerede und so.«

Elsie erinnerte sich, wie sie eines Tages im Garten arbeitete und ein Mädchen die Straße hochkommen sah, das sie einige Augenblicke lang durch eine Lücke in der Hecke beobachtete und dabei ein wenig hüpfte. So war es vor langer Zeit einmal gewesen, als sie die anderen Mädchen beobachtete, die schlank und hüpfend und sorglos waren, und sehr schön. Da waren auch die Lieder, die sie im Chor damals sangen. Zuerst konnte jeder mitmachen, aber als dann die Schule an einem Wettbewerb teilnehmen sollte, wurde ausgesiebt, und sie war die Erste, die gehen musste. Nach dem Vorsingen trug man ihr dann die Verantwortung für die Gesangsbücher auf. Es wäre ihr lieber gewesen, sie hätte überhaupt nicht vor all den anderen Wackelkandidaten vorsingen müssen. Man sagte ihr, sie könne die Melodie zwar einigermaßen halten, aber eine Oktave zu tief. Da sich ihre Kehle so eng anfühlte, konnte sie nicht höher singen, ohne zu kreischen. Nur noch ein anderes Mädchen kam ebenfalls nicht in den Chor. Sie hieß Deirdre und schien keinen einzigen Ton treffen zu können. Sie rannte weinend aus dem Zimmer. Elsie sagte ihr dann, sie könnten sich gemeinsam um die Bücher kümmern, aber sie jammerte nur immer wieder, sie könne doch nichts dafür, dass sie nicht singen könne.

Wenn sie hüpften, konnte sie ihr Gelächter schon von weitem hören. Sie wollte mit ihnen tanzen, rundherum und rundherum. Es dauerte lange, bis sie begriff, dass es nie geschehen würde. Einmal probierte sie es, als niemand zusah, und stolperte dabei über die eigenen Füße. Aber sie liebte die anderen Mädchen, wenn sie sie so unbeschwert und vergnügt sah, und sie kamen ja sogar zu ihr, um mit ihr zu reden, deshalb machte ihr es gar nicht so viel aus, dass in dieser Welt kein Platz für sie war. Sie konnte davon träumen, wie sie sich an den Händen fassten und tanzten, rundherum und rundherum.

An diesem Abend kam die Frau mit einer Schüssel Himbeeren zu ihnen.

»Lucy und ich haben sie heute Nachmittag gepflückt«, sagte sie. »Ich habe einen kleinen Gemüsegarten, und ich dachte mir …«

Hinter ihr konnte Elsie das Mädchen am Tor stehen und mit einem Ball spielen sehen. Die Frau drehte sich zu der Kleinen um.

Elsie wusste nicht so recht, ob Stan wollte, dass sie die Frau ins Haus bat. Er hatte schon oft genug gesagt, dass sie für sich bleiben sollten. »Das ist sehr freundlich von Ihnen«, sagte sie. Ihre Wortwahl musste oft übertrieben sein, um auszudrücken, was sie mit ihrer Stimme nicht sagen konnte. Es wäre wunderbar, dankbar zu klingen wie andere Leute, mit ein wenig Beschwingtheit in der Stimme. »Vielen, vielen Dank.«

Die Frau gab ihr die Schüssel und drehte sich wieder zu dem Mädchen um. Ohne die Schüssel wurden ihre Hände etwas nervös.

»Wissen Sie, meine Enkelin wohnt gerade bei mir, und ich weiß nicht ... es gibt nichts ...«

Sie errötete und strich sich die Haare zurück, als hätte ein Windstoß sie zerzaust. Elsie nickte. Vielleicht sollte es ihr egal sein, was Stan von Einladungen hielt. Sie nickte, als wollte sie sagen: Reden Sie weiter.

»Ich lebe seit Ewigkeiten hier, aber eigentlich kenne ich niemanden. Es gibt keine anderen Kinder in ihrem Alter, und ich ...« Sie suchte Elsies Augen, weil sie wissen wollte, wie sie weitermachen sollte. »Wissen Sie, ihre Eltern kommen gerade nicht besonders gut miteinander aus, und meine Tochter, das ist ihre Mutter, dachte, bei mir würde sie von alldem nicht so viel mitbekommen ... Es ist wunderschön, sie bei mir zu haben ... Ich will mich nicht ...«

Über Elsies Schulter hinweg sah sie Stan aus der Küche kommen.

»Na, aber hallo!«, sagte er mit einer fröhlichen, leicht spöttischen Stimme. Elsie hatte schon Angst, dass er etwas sagen würde wie: »Da krachen doch die Spanten!«

Die Frau war jetzt sehr verlegen. »Es tut mir furchtbar leid. Ich habe mich noch nicht vorgestellt. Isabel Waters.« Sie deutete die Straße hoch. »Das Cottage gleich nebenan.«

»Stormy Waters. Die stürmischen Gewässer liegen mir eher«, sagte Stan. Ziemlicher Blödsinn, dachte Elsie, aber wenigstens klang er jetzt ein wenig offener und herzlicher.

Das Mädchen war noch immer am Tor, warf den Ball hoch in die Luft und fing ihn nicht immer.

»Eigentlich ist sie gar nicht so schüchtern«, sagte Mrs. Waters. »Komm, Kleines, und lerne die Nachbarn kennen«, rief sie.

Aber das Mädchen beachtete sie nicht. Elsie sah die Mädchen alle im Kreis tanzen, Hand in Hand und hüpfend. Sie hörte das Gelächter vor langer Zeit. »Sie ist uns immer herzlich willkommen«, sagte sie. »Wir haben auch Spiele hier.«

Mrs. Waters drehte sich unvermittelt um und ging den Pfad hinunter. Ihr Lächeln hatte sich kaum verändert. Das Mädchen sagte etwas zu ihr, das Elsie nicht verstehen konnte. Es klang ziemlich verärgert.

Sie schloss die Tür, und Stan gab ihr ein Glas Cinzano, das sie sich am Anfang jedes Abends gönnte.

»Was für verdammte Spiele sollen das denn sein, das würde ich gern wissen?«, sagte er.

In einem Schrank hatte sie einige Brettspiele entdeckt, die Onkel Henry und Tante Pru gekauft hatten. Vielleicht waren sie auch von Freunden dagelassen worden, die das Cottage gemietet hatten.

»Es gibt jede Menge davon«, sagte sie.

»Na gut, meinetwegen. Ist ja auch …«

Er konnte Elsie nicht sagen, dass er das Mädchen nicht im Haus haben wollte. Es war ihr Cottage. Er wollte weiterziehen, bald. Für zweitausend Pfund hatte er einen alten Astra gekauft, und er fuhr damit ziemlich weit herum und versuchte, sich etwas einfallen zu lassen. Es gab Arbeit am Bau. Er konnte seine Lehre abschließen und wieder als Gasinstallateur arbeiten. Seine Mutter rief er jede Woche an, und sie fragte ihn immer, wann er endlich mal wieder zu ihr komme. Sie sagte, sie vermisse seine kleinen Besuche. Und Sherrill. Sie hatte ihm erzählt, der Kleinen gehe es wieder besser und sie habe ihren Vater seit Ewigkeiten nicht gesehen, und sie vermisse ihn auch. Am Telefon erinnerte sie ihn an die Dinge, die sie getan hatte, und manchmal kicherte sie dabei, und manchmal seufzte sie … Er glaubte, dass Elsie ihm ziemlich bald auf die Nerven gehen würde, mit dieser überkorrekten Art, wie sie redete, da das Sprechen ihr nicht so leichtfiel und sie daran arbeiten musste.

Aber inzwischen war ihr Verhältnis sehr entspannt. Wenn er sich am Abend eingesperrt fühlte, konnte er einfach zu irgendeinem Kino fahren oder zu einem ruhigen Pub.

Sie fragte nie, wohin er wollte. Inzwischen duzten sie sich und redeten einander mit nautischen Begriffen an: »Ahoi, Kapitän!« oder »An die Riemen, Kameraden!«, wenn er im Garten arbeitete. Oder »Noch 'ne Buddel voll Rum«, wenn sie ihm sein zweites Bier brachte. »Immer alles klar Schiff bei dir«, sagte er zu ihr, oder er bewunderte die Art, wie sie das Deck schrubbte, wenn sie das Linoleum in der Küche wischte.

»Deine Kajüte ist immer blitzsauber«, sagte sie einmal zu ihm. »In meinen Seefahrertagen hat auch jeder Matrose seine Koje selber gemacht«, entgegnete er.

Sie ließ sich davon mitreißen. Und da sie so oft von ihrem Vater auf der Meereswoge geträumt hatte, hatte sie sogar mehr Sprüche auf Lager als er. Wenn sie mit ihrer tiefen Stimme krächzte: »Noch 'ne Buddel voll Rum«, taumelte er mit einem kurzen, lauten Auflachen durchs Zimmer. Sie konnte sich nicht vorstellen, je glücklicher zu sein. Aber eines Tages musste das ein Ende haben. Dorothy hatte ihr erzählt, dass Onkel Henry noch immer versuchte, in Spanien heimisch zu werden, und dass die rechtlichen Probleme »ziemlich horrend« seien.

»Hat er was dagegen, dass ich hier bin?«, fragte Elsie.

»Ich glaube, er freut sich sogar darüber«, log Dorothy. »Hast du irgendwelche deiner Freunde ...?«

»Nein, Mutter, keine Freunde.«

»Was stellst du dann den ganzen Tag mit dir an?«

»Es gibt einen Bus, Mutter. Zwei Busse. Einer bringt mich ans Meer. Es gibt Vögel. Es ist herrlich hier. Auch mal gar nichts tun, ein bisschen einkaufen und im Garten arbeiten und renovieren …«

Dorothy wurde ein wenig ungeduldig. »Solange du glücklich bist, meine Liebe«, sagte sie.

Als Stan seine Mutter anrief, um ihr zu sagen, dass er umgezogen war, sagte sie, sie fühle sich nicht besonders und müsse vielleicht ins Krankenhaus. Also gab er ihr die Telefonnummer und sagte ihr, sie solle den Zettel anstelle der Nummer seiner Wohnung über dem Telefon an die Wand heften, damit sie sie im Notfall gleich im Blick habe. Mit Papieren konnte sie nicht besonders gut umgehen, sie vergaß ständig, wo sie sie hingelegt hatte, weil sie immer alles ordentlich haben wollte und deshalb lose Zettel sofort irgendwo wegsteckte. Also brachte er sie dazu, seinen Rat zu befolgen, bevor er auflegte. Als er sie eine Woche später anrief, sagte sie, sie fühle sich schon viel besser und er dürfe sich keine Sorgen mehr um sie machen. Sie sagte, anscheinend habe sie seine Telefonnummer weggeworfen, und könne er sie ihr vielleicht noch einmal sagen? Ach ja, fügte sie hinzu, der Mann sei wieder gekommen, aber nach kurzer Zeit gegangen, ohne viel zu sagen. Stan schloss die Augen. Da es ihr wieder besser gehe, sei diese Vorsichtsmaßnahme mit der Telefonnummer aber gar nicht mehr nötig, sagte sie.

XIII

Lucy kam am folgenden Nachmittag.

Als Elsie die Tür öffnete, stand sie mit einer weiteren Schüssel Himbeeren da. Zuerst machte sie ein mürrisches Gesicht, als wäre es nicht ihre Idee gewesen.

»Weißt du was«, flüsterte sie, als würde sie ein Geheimnis verraten, »ich habe sie ganz allein gepflückt.«

Im ersten Augenblick konnte Elsie die Schüssel nicht nehmen. Etwas hatte sie überwältigt, etwas Wichtiges, das ihr das ganze Leben schon gefehlt hatte. Sie sah, dass Lucy leicht schielte und ihr die Sonne in die Augen schien. Ihre Lippen waren geöffnet, und sie hatte eine Metallspange auf der oberen Zahnreihe. Sie sah Elsie sehr genau an, zuerst neugierig, dann aber enttäuscht, als wollte sie herausfinden, was Elsie dachte, musste es aber aufgeben. Sie zog die Schüssel zurück.

»Na ja«, sagte sie. »Zugegeben, Himbeeren sind nicht jedermanns Geschmack. Ich schätze, ihr habt schon genug davon.«

»O nein, *nein!*«, sagte Elsie. »Ach du meine Güte. Wir haben uns sehr darüber gefreut, wirklich sehr, und wir haben sie gestern Abend alle verputzt, bis auf die letzte Beere. Sie waren köstlich.«

Vor allem jetzt wünschte sie sich, sie könnte richtiges Gefühl in ihre Stimme legen. Aber Lucy schien das völlig egal zu sein. Die Sonne war verschwunden, und ihre Augen waren wieder weit offen. Sie waren fast golden und schauten in etwas verschiedene Richtungen. Das ließ sie listig aussehen, so dass man nie so recht wusste, was sie gerade dachte. Dann lächelte sie und zeigte die ganze Breite ihrer Zahnspange. Es war ein Lächeln, bei dem wie nach einem langen Kummer plötzlich alles wieder fröhlich wurde, als wäre man aus einem Alptraum aufgewacht. Sie gab Elsie die Schüssel und schaute an ihr vorbei in das Cottage.

Elsie machte einen Schritt zur Seite. »Ich muss sagen, das sieht alles sehr hübsch aus«, sagte Lucy.

»Willst du reinkommen?«, fragte Elsie.

Lucy ging an ihr vorbei in die Mitte des Zimmers und schaute sich um. Elsie hatte die Schublade mit den Spielen ausgeräumt, und sie lagen jetzt auf dem Tisch.

»Oh«, sagte Lucy. »Scrabble und Mensch-ärgere-dich-nicht und Mah-Jongg und sogar Schach. Spielst du zufällig Schach? Es ist wahrscheinlich das älteste Spiel, das es gibt, erfunden von den Chinesen.«

Elsie hatte die Regeln von einem Bewohner ihres ersten Pflegeheims gelernt, doch sobald sie anfingen zu spielen, schien er sie zu vergessen, außer wenn sie einen Fehler machte. Es gab viele Dinge aus seinem langen Leben, über die er reden wollte, und es ängstigte ihn immer mehr, wie viel er davon vergessen hatte. Beim Reden bewegte er die Figuren hierhin und dorthin und wartete oft gar nicht, bis er an der Reihe war, als wäre es eine völlig lächerliche Beschäftigung, wo es doch so viel zu erinnern gab.

»Ein bisschen«, sagte Elsie. »Ich meine, wahrscheinlich bin ich nicht halb so gut wie du.«

»Ich bin auch noch eine ziemliche Anfängerin«, sagte Lucy, holte die Figuren aus der Schachtel und stellte sie auf das Brett.

Auf der Terrasse hinter dem Haus stand ein Tisch. »Komm, setzen wir uns dorthin«, sagte Elsie.

Elsie wollte nicht neugierig sein. Das war so ziemlich das Schlimmste, wenn Leute zum Beispiel freundlich zu ihr sein wollten und Interesse zeigten, eigentlich aber nur herausfinden wollten, wie schrecklich ihr Leben wirklich war. Keine der Fragen hatte je irgendeine Bedeutung: etwa, ob sie Geschwister habe, was sie arbeite, was sie im Urlaub mache. Und dann wurde sie plötzlich ignoriert. Niemand fragte sie, wie es war, sehr hässlich zu sein und dann plötzlich so viele Fragen gestellt zu bekommen. Ihr natürlicher Gesichtsausdruck war der eines Menschen, der in Ruhe gelassen werden will. Sie war froh, dass es nicht dieser freundliche Blick war, den hässliche Menschen oft aufzusetzen versuchten. Aber Lucy wollte nur reden.

»Weißt du was, meine Mutter und mein Vater verstehen sich nicht gut, deshalb meinte Granny, ich kann bei ihr wohnen, bis alles ausgestanden ist.«

»Dann wollen wir hoffen …«, setzte Elsie an und bewegte ihren Läufer, so dass die Dame ungeschützt war.

Lucy lachte. »Schau! Du bist ja noch schlechter als ich. Dazu wird es aber nicht kommen, leider. Sie hassen einander, können sich absolut nicht ausstehen. Und immer das Geschrei, so ein Geschrei! Ich muss in mein Zimmer gehen und mir die Ohren zuhalten.«

Elsie murmelte, dass es ihr leidtue, und versuchte dann einen anderen Zug. »Ist es …«, setzte sie an.

Aber sie hatte keine Ahnung, welche Fragen gestellt werden konnten. Sie schaute Lucys Gesicht an, das voll auf das Spiel konzentriert war. Eigentlich sollte etwas sehr Trauriges oder Verletztes oder Verzweifeltes in ihrem Gesicht sein, aber ihre Augen waren plötzlich alt geworden. Sie biss sich auf die Oberlippe, als hätte die Spange ihre Zähne dort befestigt. Es war etwas, das Elsie ganz plötzlich verstand, das sie schon ihr ganzes Leben lang kannte. Und es ging über Zuneigung hinaus. Zu wissen, wie es ist, ohne Hoffnung zu sein, den Entschluss zu fassen, dass man weitermachen musste. Mehr als sie je irgendetwas anderes gewollt hatte, wollte sie jetzt die Hand ausstrecken und Lucys fassen.

Lucy unterbrach ihre Konzentration. »Nein, da gehe ich nicht hin, sonst sagst du mir Schach oder sonst was.« Sie hatte Elsies Frage gehört.

»Weißt du, eigentlich ist es ja so, dass mein Vater eine andere Frau gefunden hat oder so, und er dachte, sie würde nur herumspielen. Ich weiß auch nicht. Mein Gott, woher soll ich denn das wissen? Sie hassen sich einfach. Mehr als alles andere auf der Welt will ich, dass sie zusammen sind, aber das wird wohl kaum passieren, so wie's aussieht.«

Elsie bewegte einen Springer, um Lucys Dame zu bedrohen. Sie dachte: Lucy hat es mir unmöglich gemacht, je wieder Selbstmitleid zu haben. Sie dachte so intensiv an ihre Mutter und ihren Vater, dass sie die Gefahr für ihre Dame wahrscheinlich gar nicht bemerkt hatte. Elsie deutete auf den Springer. »Pass auf!«, sagte sie.

»Ich bin nicht blind, weißt du«, sagte Lucy. Sie berührte ihre Dame, bewegte sie aber nicht. »Wenn sie schreien, heißt es immer: ›Du denkst nur an dich. Kannst du nicht einmal auch an Lucy denken? Du egoistische Kuh. Du egoistischer Mistkerl.‹ Als wäre ich in Australien oder sonst wo. Wenn ich weine, dann streiten sie sich nur darüber, wer daran schuld ist und wer jetzt die Pflicht hat, mich zu trösten …«

Sie brachte ihre Dame in Sicherheit. »Wenigstens hast du jetzt deine Granny«, sagte Elsie. »Vielleicht solange sie noch versuchen, eine Lösung zu finden. Ich bin mir sicher, dass sie dich lieben.«

Lucy seufzte. »Eigentlich ist es mir inzwischen egal. Ich will einfach nur noch erwachsen sein und meine eigenen Leute haben. Ich weiß nicht, ob sie mich lieben. Ich bin nicht sehr hübsch oder so. Ich bin sogar ziemlich hässlich.«

Elsie schaute sie an, als sie das sagte. Noch nie in ihrem Leben hätte sie so gern einen Ausdruck auf ihrem Gesicht gehabt, der zeigte … sie wusste selber nicht so genau, was. Lucy zog ihren Läufer um ein Feld zurück, aber das schien ein ziemlich sinnloser Zug zu sein. Es war einfach eine Beschäftigung zur Ablenkung. Sie schaute zu Elsie hoch, und es wurde ein Starren daraus. Jetzt war sie es, die Elsies Hand berührte.

»Es tut mir leid. Das hätte ich nicht sagen sollen, oder? Das war nicht sehr taktvoll, mh?«

»Nein«, sagte Elsie. »Ich schätze, das war es nicht.« Lucys Hand lag noch immer auf der ihren.

Es gab nichts, was sie ausdrücken konnte. Zum ersten Mal seit langer Zeit waren ihr Tränen in die Augen getreten, und sie runzelte die Stirn, damit Lucy sie nicht sah. Was sie ausdrücken wollte, war, dass es auf dieser Welt nichts gab, was sie nicht für Lucy tun würde. In ihrem ganzen Leben hatte sie noch nie so viel Hass gespürt wie jetzt auf Lucys Eltern. Sie hatte gelernt, nicht zu hassen, vor allem sich selber nicht, lange bevor sie aufgehört hatte, ein Kind zu sein. Noch nie hatte sie diesen starken Wunsch verspürt, sich um andere zu kümmern. Die anderen waren einfach nur da gewesen und hatten sie, wenn es sich irgendwie vermeiden ließ, nicht mehr als einen Sekundenbruchteil angeschaut. Die anderen lebten in einer Welt, zu der sie nicht gehörte.

Lucy zog ihren Läufer noch ein Feld zurück, obwohl sie gar nicht an der Reihe war.

»Wie ist das eigentlich?«, fragte sie. »Ich nehme an, ziemlich furchtbar.«

»Ich schätze, man muss einfach versuchen, für andere Dinge zu leben.«

»Was für andere Dinge?«

»Ich liebe Gärten. Ich mache Ausflüge. Und das Meer. Solche Sachen.«

»Aber nicht so sehr Menschen.«

Elsie dachte an ihren Neffen und ihre Nichte auf ihren neuen Fahrrädern, an das Lächeln auf Mr. Wakefields Gesicht, als sie seinen Brief zur Bank brachte. Es hatte auch andere kleine Situationen gegeben, als sie einer alten Dame mit einem Einkaufswagen half oder anderen eine Tür aufhielt, aber beileibe nicht jeden Tag. Mit ihrer brummenden Stimme konnte sie in der Arbeit oder in Läden und so weiter nicht freundlich und nett und aufmerksam klingen.

»Nein, nicht so sehr Menschen.« Dann dachte sie an ihre Mutter. »Ich habe aber eine sehr nette Mutter. Ich besuche sie regelmäßig.«

»Was ist mit deinem Vater?«

»Je weniger über ihn gesagt wird, umso besser.« Sie stellte ihre Dame triumphierend auf ein Feld und sagte: »Schach!«

»Blödsinn!«, sagte Lucy und schlug die Dame mit einem gemeinen Bauern.

Elsie stöhnte und bedeckte das Gesicht mit den Händen.

Nach einem Augenblick der Unsicherheit sagte Lucy noch einmal »Blödsinn!« und kicherte.

In diesem Augenblick kam Stan zurück. Ein komischer Anblick, dachte er, Elsie bedeckt ihr Gesicht, und das Mädchen lacht. Er wusste nicht, ob er die Kleine hierhaben wollte. Sie sollten für sich bleiben, keine Aufmerksamkeit erregen. Er stand etwa fünf Meter entfernt, als sie weiterspielten. Das Ganze hatte etwas Schönes und Heimeliges.

»Was treibt ihr beiden denn?«, fragte er.

Lucy winkte ihn näher. »Ich schlage sie im Schach«, sagte sie. Das Lachen klang noch in ihrer Stimme nach.

»Na, dann will ich nicht stören«, sagte er, ging ins Haus und rief von drinnen, ob sie Tee wollten. Elsie folgte ihm in die Küche.

»Das ist doch in Ordnung, oder?«, fragte sie.

»Natürlich ist es in Ordnung. Warum denn nicht?« Aber er war sich nicht sicher. »Wir wollen es nur nicht zur Gewohnheit werden lassen, okay?«

Die Art, wie sie einfach nur so durch die Gegend schaute, zeigte ihm, dass etwas sie glücklich gemacht hatte. »Natürlich ist es in Ordnung.«

»Ich bringe sie besser nach Hause. Ihre Großmutter wird sich schon Sorgen machen.«

Sie gingen die Straße entlang zu Lucys Cottage. Lucy hüpfte voraus. Sie sang sogar, als wäre ihr nie etwas Schlimmes passiert. Elsie dachte, dass Lucy wahrscheinlich so ziemlich alles, was sie je erlebt hatte, am liebsten ausradieren würde. Sie probierte aus, wie Glücklichsein sich anfühlen könnte. Als sie sich dem Cottage näherten, kam ihre Großmutter heraus.

Wie sie da reglos in der Tür stand, sah sie aus, als wäre sie sehr verärgert. Doch aus der Nähe zeigte ihr Gesichtsausdruck, trotz des Lächelns, reine Angst. Dass Lucy zu spät dran war, konnte nicht der einzige Grund dafür sein. Elsie kam es so vor, als hätte ihre Großmutter einfach keine Ahnung, was mit Lucy noch alles passieren würde, was für eine Zukunft sie hatte und das alles.

Lucy drückte sie schnell, aber fest. »Tut mir leid, Granny, wir haben Schach gespielt.«

»Das ist aber schön«, sagte ihre Großmutter, und ihr starres Lächeln wurde ein wenig breiter, als hätte es endlich etwas gefunden, an das es sich klammern konnte. Aber die Besorgnis blieb in ihren Augen.

»Kommen Sie doch einen Augenblick herein«, sagte sie zu Elsie.

Elsie ging hinter ihnen her bis zur Schwelle. Sie sah ein Zimmer, das vollgestellt war mit bequemen Sesseln, mit Bildern überall an den Wänden und Zierrat und Büchern und einem echten offenen Kamin und schweren Vorhängen. Es war urgemütlich, das war das richtige Wort. Sie wünschte sich, ihre Mutter hätte ihr Zuhause so eingerichtet, mit Sachen, die sich im Lauf der Jahre ansammelten und einfach irgendwo hingestellt, aber nicht arrangiert oder aufgereiht wurden. Lucy war vorausgelaufen und bereits auf der Treppe nach oben.

»Ich kann nicht bleiben«, sagte Elsie.

Sie konnte nicht aufhören, das Zimmer anzuschauen, wie heimelig und bequem es wirkte, wie es vollgestopft war mit vertrauten Dingen. Es war ein Ort, an dem Lucy Frieden finden konnte. Sie wollte etwas dergleichen sagen oder irgendetwas anderes, um die Großmutter wissen zu lassen, dass Lucy willkommen war und sie immer besuchen konnte, dass es noch andere Spiele gab, dass sie sie auf Ausflüge mitnehmen konnten, sogar ans Meer.

»Was für ein reizendes Haus Sie haben«, sagte sie schließlich.

»Oh, vielen Dank«, erwiderte sie. »Ich finde es gemütlich. Lucys Mutter wuchs hier nach dem Tod ihres Vaters auf. Wir wissen noch nicht so recht, wie lange Lucy …«

Die Wörter schienen ihr in der Kehle stecken zu bleiben, und sie hob die Hand vor die Augen, als wäre die Sonne plötzlich herausgekommen. Als sie sie wieder senkte, war die entschuldigende Sanftmut verschwunden. Jetzt ließ sie deutlich erkennen, dass ihr Leben allein sie etwas anging. Sie schaute zum Kamin, über dem Elsie das Porträt eines Mannes in einer dunklen Uniform sehen konnte.

»Nun ja«, sagte sie mit verändertem Tonfall, als hätte die Zeit ihr ein paar Anweisungen, einen Schubs gegeben. »Danke, dass Sie sich um Lucy gekümmert haben.« Sie hielt inne und schaute Elsie eingehend an, als wäre ihr ihr Aussehen vorher noch gar nicht aufgefallen. »Gewisse Dinge muss man eben nehmen, wie sie kommen. Wenn Sie wirklich …«

»Ich hatte sie wirklich gern bei mir, Mrs. …«

»Einfach Isabel reicht … Sie ist ein nettes Kind, nicht?«

Elsie wusste, dass es genügte, darauf einfach zu nicken.

Als sie ins Cottage zurückkam, trank Stan gerade Tee. Er war müde, weil er den ganzen Tag auf einer Baustelle gearbeitet hatte. Als er Elsie und das Mädchen so glücklich zusammensitzen sah, hatte er sich einen Augenblick lang gewünscht, das Leben könnte ewig so weitergehen: stille Tage mit einem Mädchen, das ab und zu vorbeischaute, um Brettspiele zu spielen, und eine nette alte Dame als Nachbarin, und natürlich Elsie, die einfach nur da war.

Aber es konnte nicht sein. Immer wenn er an einer Ecke einen Schatten sah oder wenn er sich plötzlich umdrehte, wusste er, dass er bald würde weiterziehen müssen. Nichts hielt ewig. Er rief seine Mutter an und sagte ihr, dass er das Leben auf dem Land genieße und dass er immer wieder Arbeit finde. Er sagte nicht, wo auf dem Land. Sie sagte, sie hoffe, er langweile sich nicht, wenn er die meiste Zeit nichts zu tun habe. Allerdings habe sie selbst keine Ahnung vom Landleben, sie kenne nur, was sie im Fernsehen sehe, und das sei eben nichts für sie.

Beim Auflegen wurde ihm plötzlich bewusst, wie wenig er seine Mutter kannte, trotz all der Ungezwungenheit und Zuneigung, die zwischen ihnen herrschte. Er hatte sie nur einmal nach seinem Vater gefragt. Er hatte eben mit der Schule angefangen, und die anderen Kinder redeten über ihre Väter. Er hatte einfach gedacht, sein Vater sei tot oder auf einer langen Reise und irgendwo hängengeblieben. Sie hatte ihn nie erwähnt.

Sie war schnell aufgestanden und in die Küche gegangen, mit geschlossenen Augen, so dass sie nach dem Türrahmen tasten musste.

»Der«, sagte sie. »Zerbrich dir über solche Sachen nicht den Kopf. Ich tue es nicht, warum solltest du es dann tun?«

Sie hatte es auf eine müde, ungeduldige Art gesagt, als wollte sie ihm klarmachen, dass er dieses Thema nie mehr zur Sprache bringen sollte. Es war sowieso am einfachsten, den Leuten zu sagen, sein Vater sei tot. Danach machte er sich keine Gedanken mehr über ihn. Inzwischen kümmerte ihn das nicht die Bohne; höchstwahrscheinlich wollte er von Familie nichts wissen und hatte sich einfach aus dem Staub gemacht.

XIV

Henry rief Dorothy eines Abends an, um ihr zu sagen, dass in Spanien »verdammt noch mal endlich alles klar Schiff« sei und sie in ein paar Wochen zurückkommen würden. Es sei an der Zeit, das Cottage wieder auf den Markt zu bringen.

»Hattest du mal Zeit, für uns nachzuschauen, ob noch alles in Ordnung ist und so?«, fragte er mit seiner barschen Stimme.

Als sie heranwuchsen, war sein Lieblingssatz gewesen: »Jetzt hör doch mal endlich zu träumen auf.« Für Dorothy war es noch immer ihr gemeinsames Cottage. Ihr Vater hatte es ihnen gezeigt, hatte sie beide in die Arme genommen, nachdem er die Tür geöffnet hatte. Viermal hatten sie dort Ferien gemacht. Teenagerferien, meistens langweilig. Aber die Erinnerungen blieben. Es war ihr Zuhause auf dem Land gewesen. Nach dem Tod ihres Vaters war sie nie mehr hingefahren. Warum war es nicht möglich, mit Henry über Erinnerungen zu reden? Mit ihm und Pru, für die immer alles so geschäftsmäßig sein musste. Wenn sie jetzt mit ihm sprach, konnte sie nicht anders, sie hatte einfach den Wunsch, ihn zu ärgern.

»Ich bin mir sicher, dass Elsie sich sehr gut um das Cottage kümmert. Leer hättest du es doch sicher auch nicht haben wollen, oder, Henry?«

Es gab eine Pause. Vielleicht war Pru auf der anderen Leitung.

»Na ja, das werden wir schon selbst beurteilen müssen, meinst du nicht? Melde mich wieder, Dorothy.«

Wie sich zeigte, hatte Pru keine Meinung. Inzwischen hatte sie gewisse Zweifel, was Spanien betraf, große Zweifel sogar: nur die Art von Briten, denen man einfach nicht aus dem Weg gehen konnte, die alle kein Wort Spanisch sprachen und sie ständig zu irgendetwas überreden wollten. Endlose exotische Drinks neben Swimmingpools. Das Cottage in Dorset ... Jetzt war es zu spät. Sie wollten auch ihr Haus verkaufen und sich in London eine Wohnung zulegen.

»Ich bin mir sicher, dass Elsie es wunderbar in Schuss gehalten hat«, sagte sie. »Ich meine mich zu erinnern, dass sie Sinn hat für schöne Dinge.«

»Aber nicht gerade die beste Kandidatin, um potentielle Käufer herumzuführen, oder?«, erwiderte Henry.

Sie dachte an einige der grässlichen Leute, die sie getroffen hatten und die alle in Spanien eine Immobilie suchten. »Warum denn eigentlich nicht, verdammt?«, sagte sie.

Der Sommer ging langsam zu Ende. Lucy kam oft vorbei, manchmal mit einer Schüssel Früchte. Wenn das Wetter schön war, nahm Stan sich frei, damit sie alle gemeinsam einen Ausflug machen konnten. Er war froh um die

Ausrede, und auf der Baustelle hatten sie nichts dagegen, wenn er ein oder zwei Tage wegblieb. Isabel meinte, dass das ganz reizend wäre. Zweimal fuhren sie ans Meer, einmal zu einem kleinen Safaripark. Dann gab es noch die Landhäuser mit ihren wunderschönen Gärten, auch wenn die jetzt, am Ende des Sommers, schon ein bisschen zerzaust und trocken und farblos aussahen. Lucy und Elsie saßen im Fond des Autos. Stan sagte kaum etwas. Es war ihr Ausflug.

»Ich bin nur der Chauffeur«, sagte er einmal. Es war das erste Mal, dass er Elsie verärgert hatte, so dass sie ihre Stimme etwas erhob.

»Du bist *nicht* der Chauffeur«, sagte sie. »Du bist unser Freund, nicht, Lucy? Du bist der Kapitän unseres kleinen Schiffs.«

Lucy kicherte ein wenig, wie sie es oft tat, und dabei blitzte die Metallspange auf ihren Zähnen. Sie zeigte Elsie ihr leichtes Schielen, was sie nun ganz besonders glücklich und nicht listig aussehen ließ. »Ich glaube, jemand kann Chauffeur *und* Freund sein«, sagte sie.

»Genau, sag's ihr«, sagte Stan, schaute in den Rückspiegel und zwinkerte ihr zu.

Lucy zwinkerte mit einem Auge, dann mit dem anderen, als müsse sie erst ausprobieren, was besser sei. O Mann, dachte er, o Mann, was für ein anderes Leben hätte er doch führen können. Er konnte sich fast vorstellen, Lucys Vater zu sein. Gern hätte er sich auch ohne Ekel vorgestellt, dass Elsie die Mutter war. Er schämte sich vor sich selber, weil er über Elsie überhaupt unfreundliche Gedanken hatte.

Sie saßen Schulter an Schulter, deuteten hierhin und dorthin und sahen genau in dem Augenblick zum ersten Mal das Meer, als die Wolken aufrissen und die Sonne es mit silbernen Bändern überzog. Er musste an den Fotorahmen denken, den er gestohlen hatte, und er schämte sich.

Für gewöhnlich blieb er im Auto oder setzte sich in ein Café, während die beiden auf eigene Faust loszogen. Er konnte sich einfach nicht so fühlen wie einer dieser Touristen, die durch Gärten und dergleichen schlenderten. Für ihn wäre das, als würde er sich aufdrängen, als würden sie sich dann verpflichtet fühlen, ihn aufzunehmen. Und es stimmte auch. Elsie war froh, dass er sie allein ließ, auch wenn er dadurch noch mehr wirkte wie ein Chauffeur. Aber dieser Tag war ein Tag am Meer. Es waren nicht zu viele Leute unterwegs. Es war zu kalt, um lange in Sonnenstühlen herumzusitzen. Sie gingen einfach am Ufer entlang, Lucy lief voran, hob hier und dort Muschelschalen für ihre Großmutter auf und hüpfte immer wieder in die leckenden Zungen der Brandung. Elsie ging ein Stück vor Stan, und ihre Schuhe baumelten von ihrer Hand. Auch sie hob ein paar Schalen auf und ließ das Wasser ihre Füße überspülen. Manchmal holte sie Lucy ein, wenn sie vor einem Krebs oder einer toten Qualle kauerte, und dann betrachteten sie das Tier gemeinsam, konzentriert wie Schulkinder. Stan schaute zum Horizont, wo zwei Schiffe entlangkrochen, beinahe verhüllt vom Dunst oder einem entfernten Regen. Vielleicht hätte er wirklich ein Seefahrer sein sollen, der nur hin und wieder in diese schreckliche Welt zurückkehrte und Geld für Lucy und Elsie nach Hause brachte und Geschenke aus fremden Häfen. Und natürlich, um seine Mutter zu besuchen, mit exotischen Dingen für ihre hübsche kleine Wohnung, wie Tischtücher und ein wirklich schönes Teeservice. An so etwas musste er immer wieder denken, wenn er sah, wie Elsie und Lucy sich hinkauerten, um irgendetwas im Sand zu betrachten. Oder wenn er sie aus der Ferne über die Pfade im Garten irgendeines exklusiven Landhauses schlendern sah.

Immer wenn er sich auf der Uferpromenade umsah, meinte er, aus dem Augenwinkel heraus Gingers Bruder erkennen zu können. Er wartete einfach. Da war das Meer, grau und runzlig und blitzend, wenn die Sonne herauskam. Fast wie eine Hoffnung war das, für manche. Aber nicht für ihn. Das verdiente er nicht, nichts davon, nicht, nachdem er einen Mann umgebracht hatte. Und dann drehte sich Elsie zu ihm um, und er wusste, sie hätte ein Lächeln auf dem Gesicht gehabt, wenn sie lächeln könnte. Und er verstand nicht, wie sie es ertragen konnte, ihn so anzusehen, in Gegenwart dieses Kindes, wo doch ihrer beider Glück durch nichts zu trüben war. Als Lucy eine Schale an ihrem Rock abwischte, dann den Sand herausblies und Elsie auch einmal pustete, wurde ihm klar, dass sie, in Elsies Augen, von ihm nichts zu befürchten hatten. Und plötzlich fühlte er sich, wie seine Mutter es immer genannt hatte, »sehr gesegnet«.

Es wurde kalt gegen Ende des Nachmittags, und sie gingen in ein Café und bestellten Tee und Rosinenbrötchen. Es wurde nur wenig gesprochen. Lucy untersuchte die Schalen, die Elsie in ihre schicke Blumenmustertasche gesteckt hatte.

»Du machst sie ja ganz voller Sand«, sagte Lucy.

»Ja, ist das nicht ganz furchtbar?«, erwiderte Elsie.

Manchmal wollte Lucy Stan in die Unterhaltung mit einbeziehen. »Meinst du nicht auch, Stan«, sagte sie. »Macht sich ihre wunderschöne Tasche ganz schmutzig.«

»So wie ich Elsie kenne, hat sie die im Nu wieder blitzblank sauber«, erwiderte er.

»Na, vielen Dank, Stanley«, sagte Elsie.

Henry und Pru kamen am späten Nachmittag des folgenden Tages. Elsie werkelte herum, sie putzte und polierte, als würde sie sie erwarten. Sie sah sie auf halber Höhe des Gartenpfads stehen bleiben und deuten. Sie ging in die Küche, um eine Tasse und eine Untertasse abzutrocknen, die noch auf dem Tropfbrett lagen. Mit diesem kurzen Blick hatte sie gesehen, wie sehr sie bewunderten, was Stan und sie aus dem Garten gemacht hatten. Anfang September war nicht die beste Zeit des Jahres, um einen Garten von seiner schönsten Seite zu zeigen, und sie hatten erst spät im Sommer die Erde düngen und neue Büsche pflanzen können. Aber zufällig hatte sie am Nachmittag davor die Beete gejätet und den Rasen gemäht, und der Garten sah wirklich attraktiv aus; die Montbretien und die japanischen Anemonen und die Geranien und die Buddleia blühten noch alle. Beim Jäten hatte sie sogar Schmetterlinge gesehen, einen Roten Admiral und zwei Pfauenaugen.

Vielleicht flatterten die Schmetterlinge ja auch für Onkel Henry herum.

»Na, na, na, schau dir das mal an«, sagte er, als sie sich an der Tür umdrehten und noch einmal den Garten betrachteten. »Da können wir uns wohl kaum beklagen, was?«

»Nein, können wir nicht«, erwiderte Pru. »Eigentlich phantastisch. Bringt ein paar Tausender mehr ein, falls du gerade daran gedacht hast.«

»Habe ich aber nicht.« Er wusste, dass sie »zur Abwechslung mal« dachte. Er fragte sich, ob er nach den ganzen Scherereien und dem exilbritischen Geplapper in Spanien verlernt hatte, Dinge um ihrer selber willen zu loben.

Elsie öffnete die Tür und trat einen Schritt zur Seite, damit sie sofort sehen konnten, wie gut das Cottage in Schuss war. Sie hatte die Vorhänge reinigen lassen, Stan hatte den Boden poliert und Wohnzimmer und Küche neu gestrichen. Alles war makellos, wunderschön. Den beiden hatte es die Sprache verschlagen, das war offensichtlich. Hatte Onkel Henry vergessen, ihr einen Kuss zu geben, fragte Elsie sich, doch dann fiel ihr ein, dass er das noch nie getan hatte, als hätte er Angst, sich mit einer Krankheit anzustecken. Pru allerdings küsste sie, nur eine Hand auf ihrer Schulter und ein flüchtiger Schmatz auf die Wange.

»Wollt ihr Tee?«, sagte sie. »Ich habe gute Ingwerplätzchen und diese Verdauungskekse gekauft.«

Sie folgten ihr in die Küche, und an Onkel Henrys Mh-Geräuschen merkte sie, dass sie auch davon beeindruckt waren. Während sie den Kessel aufsetzte, kehrten sie ins

Wohnzimmer zurück. Noch vormittags hatte sie ein paar gelbe Rosen gekauft, weil Stan ihr erzählt hatte, wie gern seine Mutter Blumen im Haus gehabt hatte, als er aufwuchs, »um der Ordentlichkeit einen Hauch von Klasse zu geben«, wie sie es nach seinen Worten genannt hatte. Sie standen mitten auf dem frisch gebügelten hellblauen Tischtuch, und die Sonne kam eben heraus und betupfte das Gelb mit Weiß und Gold. Sie saßen um den Tisch herum und warteten, bis das Wasser kochte. Da Onkel Henry noch nichts zu sagen hatte, stand er auf und schaute durchs Fenster in den rückwärtigen Garten hinaus. Auch dort war der Rasen frisch gemäht, und der kleine Gemüsegarten neben dem Geräteschuppen war erst vor kurzem umgegraben worden. Auf den beiden Apfelbäumen reiften die Früchte.

»Tut mir leid, Onkel Henry«, sagte sie. »Der Rasen braucht Dünger und frische Erde und muss nachgesät werden. Vielleicht sollten einige Stellen sogar ganz neu angelegt werden.«

Onkel Henry blieb am Fenster, bis der Kessel kochte. Als Elsie mit dem Tablett zurückkam und einschenkte, sagte er: »Elsie, ich habe das ja gar nicht gewusst. Deine Mutter hat es mir nie gesagt. Ich bin sehr stolz auf dich. Das bin ich wirklich.«

»Echt phantastisch«, ergänzte Pru. Sie berührte Elsies Hand. »Gut gemacht, alte Haut.«

Elsie war so stolz auf sich, dass ihre Hand zitterte, als sie Pru die Tasse gab und ihr den Teller mit den Keksen reichte. Sie hatte keine Ahnung, wie man auf Lob reagierte.

Es war etwas ganz anderes, wenn der Aufseher im Krankenhaus sagte, sie habe in den Toiletten zufriedenstellende Arbeit geleistet.

»Ich vermute, in Spanien zu leben ist sehr exotisch und aufregend«, sagte sie. »Wo doch die ganze Zeit schönes Wetter ist.«

Henry nahm sich seine Tasse. »Gar nicht so übel«, sagte er. »Du musst uns einmal besuchen kommen.«

»O ja!«, sagte Elsie. »Das würde ich sehr gern tun. Wirklich. Ich habe noch nie ein anderes Land gesehen, außer im Fernsehen natürlich.«

Allmählich machte sich Elsie Sorgen, weil Stan bald zurückkommen würde. Sie wollten sicher auch nach oben gehen, und dann würden sie sehen, dass jemand, ein Mann, im Gästezimmer geschlafen hatte, auch wenn sie es immer makellos hielt, seine Kleider aufräumte und selbst dort Blumen aufgestellt hatte, allerdings künstliche. Im Bad waren seine Zahnbürste und sein Rasierer, und auf dem Handtuchhalter hingen zwei Tücher. Onkel Henry sagte eben etwas, nicht sehr deutlich mit vielen Hms und Ähs, in der Richtung, dass sie das Cottage wieder zum Verkauf ausschreiben wollten und dass die Immobilienmakler mit Leuten vorbeikommen würden. Sie meinte, Stans Auto vorfahren zu hören.

»Eins muss ich sagen, Elsie, du hast das alles tipptopp hergerichtet. Ich werde dem Makler sagen, dass er sich den Preis noch einmal gut überlegen soll.«

Sie gingen hinaus in den hinteren Garten.

»Seht ihr«, sagte Elsie. »Der Rasen ist nicht sehr gut. Diese Stellen da. Wir haben den ganzen Löwenzahn ausgegraben, aber …«

»Dann hast du dir also einen Gärtner geholt«, sagte Pru. »Sehr vernünftig. Henry, da gibt's noch was zu begleichen …«

»Natürlich, Darling, daran hatte ich noch gar nicht …«

Er wurde unterbrochen vom Knallen der Vordertür und einer Stimme, die rief: »Elsie, ich habe die Säcke mit Rasenerde im Auto …«

Sie gingen wieder ins Wohnzimmer zurück und sahen ihn an der Tür stehen. Elsie dachte, jetzt, mit seinem mächtigen, schwarz und grau melierten Bart und den dichten, lockigen Haaren und den nackten, behaarten Armen und den Augenbrauen, die plötzlich viel dicker wirkten, als sie sie in Erinnerung hatte, sah er wirklich aus wie ein Schiffskapitän. Sie hatte keine Ahnung, was sie sagen sollte, aber als sie zu ihm ging, kam es ihr plötzlich ganz einfach vor.

»Stan. Ich würde dir gern Onkel Henry und Tante Pru vorstellen. Sie sind hier, um sich das Cottage anzuschauen. Es gehört ihnen. Ich habe mich nur darum gekümmert, während sie sich in Spanien eingerichtet haben.«

Stan streckte die Hand aus, senkte sie aber gleich wieder, als die ihren unten blieben. »Freut mich«, sagte er. Dann gab es eine lange Pause. »Der Rasen hinten hat noch einiges an Arbeit nötig.«

Sie nahmen an, dass er Gärtner sei, und Tante Pru gratulierte ihm für die Arbeit, die er geleistet hatte.

»Nein, die Gärtnerin ist sie. Ich bin nur der Handlanger,

und nur auf der Durchreise.« Er wusste nicht, was sie ihnen gesagt hatte. Sie schauten ihn an, als erwarteten sie, dass er eine Frage beantwortete. Es war ein arroganter Blick, als könnte er auf Ideen kommen, die seinem Rang nicht zustanden. Mit solchen Leuten hatte er noch nie zu tun gehabt, Leuten mit Villen in Spanien und dergleichen. »Ich kümmere mich dann mal um die Erde«, murmelte er.

Elsie wusste, dass sie ihn schnell erlösen musste. Er wirkte so verlegen, sogar gedemütigt, weil sie nicht wussten, wer er war. Bald würden sie auch die Schlafzimmer sehen wollen. Sie sollten sehen, dass sie auch diese gestrichen und die Vorhänge gewaschen hatten und Stan erst vor drei Tagen alle Fenster geputzt hatte.

Als er gegangen war, sagte sie: »Ich dachte mir, du hast nichts dagegen, Onkel Henry. Ich habe ihn im Krankenhaus kennengelernt. Er hatte Krebs, aber jetzt geht es ihm wieder besser. Er brauchte eine Erholungspause auf dem Land, um wieder zu Kräften zu kommen. Er war in der Royal Navy.«

Sie hatte zu schnell gesprochen. Sie hatte noch nie zuvor gelogen. Außer, dass Stan ein Seemann sei. Und ihrer Mutter gegenüber, um sie zu schonen. Dass man sehr hässlich war, machte es irgendwie unnötig, Lügen zu erzählen. Weil es allen egal war, ob man die Wahrheit sagte oder nicht.

»Na ja, auf jeden Fall scheint es ihm schon viel besser zu gehen«, sagte Pru. »Stark wie ein Ochse, so wie's aussieht.«

Elsie wartete auf Onkel Henrys Antwort. Er schien nicht sehr erfreut, blies die Wangen auf.

Erfreut war er wirklich nicht, er dachte, sie hätte ja verdammt noch mal zuerst fragen können, bevor sie irgendeinen x-Beliebigen für freie Kost und Logis hierher aufs Land einlud, ob der nun Krebs gehabt hatte oder nicht. Davon war wahrlich nichts mehr zu sehen. Na ja, was machte es jetzt noch aus, da sie das Cottage doch verkauften? Elsie war ja schon abstoßend genug, aber dieser verwilderte Herumtreiber. Er schämte sich, weil er das dachte. Pru musste ihn wegen so etwas immer häufiger zusammenstauchen. Das Leben mit Exilbriten in Spanien hatte ihn nicht gerade toleranter oder vorurteilsfreier gemacht.

»Natürlich habe ich nichts dagegen, Elsie. Unter uns muss ich sagen, ihr beide habt in Haus und Garten verdammte Wunder gewirkt, wenn du mir die Wortwahl verzeihst …« Pru warf ihm einen ihrer Blicke zu und klopfte sich auf die Brust. »Also dann …«

Er setzte sich an den Tisch und holte sein Scheckbuch heraus. Keine Chance, dass Pru ihm diesmal Geiz vorwerfen würde. Er schrieb einen Scheck über tausend Pfund aus. »Hier, Elsie, meine Liebe. Weil du dich so wunderbar um alles gekümmert hast und für all die Ausgaben, die du sicher hattest. Ich bin sehr stolz auf dich. Ich wusste ja nicht …«

Elise wusste, was er sagen wollte. »Ich wusste ja nicht, dass du das Zeug dazu hast.« Er wusste überhaupt nichts über sie, die simple Putzfrau in irgendeinem Krankenhaus, das arme, alte Ding. Pru warf einen schnellen Blick auf den Scheck und nickte knapp. Henry schaute zum Fenster hinaus und sah Stan die Erdsäcke durch den Garten tragen und neben dem Geräteschuppen aufstapeln.

»Sieht recht geschickt aus, der Kerl«, sagte er.

Elsie wollte nicht, dass ihr Onkel so über Stan redete. Er war der einzige Mann, den sie näher kannte. Einige aus dem Putztrupp waren Männer, aber die kamen meistens aus fremden Ländern und konnten kaum Englisch. Sie waren immer still und nachdenklich, dachten wohl an ihr so weit entferntes Zuhause.

Jetzt ging bald alles zu Ende. Sie sah zu, wie Stan sich die Erdsäcke von der Schulter gleiten ließ. Sie konnte sich ein Leben ohne ihn nicht mehr vorstellen. Sie wusste, dass er sie mochte, na ja, dass er ihr dankbar war. Während er mit seinem so typischen, stolzen Gang seitlich am Cottage vorbei zum Auto zurückging, fragte sie sich, ob es sich vielleicht so ähnlich anfühlte, wenn man in jemanden verliebt war und auf die Rückkehr dieses Menschen wartete. Der Scheck lag vor ihr, und sie hatte sich noch gar nicht bedankt.

»Aber Onkel Henry, ich bitte dich. Das muss doch nicht sein, das brauchst du wirklich nicht …«

»O doch, das muss schon sein«, sagte Pru.

Sie gingen nach oben, um die Schlafzimmer anzuschauen, die polierten Treppen hinauf, vorbei an einer weiteren Vase mit Blumen auf dem Absatz. Onkel Henry sagte nur: »Mann! Das ist perfekt, Elsie. Die Leute werden sich drum reißen.«

Unten sagten sie, sie müssten jetzt wieder los. Sie übernachteten bei einem Freund in Swanage und hofften, am nächsten Vormittag noch eine Runde Golf unterzubringen, und dann »wieder zurück in unser spanisches Schlupfloch«, wie Onkel Henry sagte. »Die Makler werden sich bei dir melden.«

»Ist wirklich schade drum«, murmelte Tante Pru, berührte wieder Elsies Schulter und drückte ihr einen flüchtigen Kuss auf die Wange.

Diesmal küsste Onkel Henry sie ebenfalls und legte ihr leicht die Hand auf den Rücken. »Danke, Elsie«, sagte er. Er sah Stan mit einem weiteren Sack den Pfad entlangkommen. »Und danke auch an deinen Bekannten. Kein schlechtes Team.«

Stan ging mit einem kurzen Heben der Hand an ihnen vorbei.

Elsie winkte und dachte, genau das sind wir, ein Team. Und jetzt ging alles zu Ende. Jetzt würden Leute kommen, und ziemlich schnell würde jemand ein Angebot machen, und dann würde die Zukunft wieder von vorn anfangen.

Am Tor sagte Henry zu Pru: »Na, was denkst du?«

Aber sie war nicht da. Sie war zurückgegangen und redete an der Tür mit Elsie. Elsie hatte ihren Arm gefasst und nickte heftig.

Als sie schließlich zu ihm kam, sagte er: »Was sollte denn das noch?«

»Ich habe sie nach Spanien eingeladen. Habe ihr gesagt, sie soll sich einen Pass besorgen. Und wann es am besten passt. Sie war begeistert.«

»Verstehe.«

An diesem Abend redeten Elsie und Stan beim Essen darüber, aber nicht viel. Es gab nicht viel zu sagen, eine Welt endete und eine unbekannte begann. Elsie sagte, sie werde nach London zurückkehren, und Stan sagte, er werde in dieser Gegend bleiben. Er werde seine Ausbildung zum Gasinstallateur abschließen und sich ein hübsches kleines Plätzchen suchen, »nicht so schön wie das hier, bei weitem nicht«.

Dann fiel Elsie Lucy ein, und das wurde das Schlimmste. Es war, als würde eine Familie auseinanderbrechen. Es würde keine kleinen Ausflüge mehr geben, und Elsie würde nicht wissen, was mit ihr passierte. Am nächsten Tag wollten sie noch einmal mit ihr ans Meer fahren, und sie war ganz aus dem Häuschen deswegen, wollte unbedingt noch mehr Muscheln für Granny sammeln, die eine Art Tablett daraus machte.

»Und morgen noch eine Fahrt ans Meer, Stan.«

»Ich freue mich schon darauf. Ein nettes Mädchen, diese Lucy. Bei ihr fühle ich mich wieder jung. Als wäre nichts geschehen, wenn du weißt, was ich meine.«

Er schaute sie an, als würde er in ihrem Gesicht etwas suchen, als wollte er sich versichern, dass sie auch verstand, wovon er redete, was für ein Glück das alles hätte sein können. Sie wusste genau, was er meinte.

»Vielleicht kann sie auch eines Tages glücklich sein«, war das Beste, was ihr einfiel.

XV

Es war der schönste Tag, den sie je miteinander erlebt hatten. Da die Schule bereits wieder angefangen hatte, war kaum jemand am Strand. Es war ein Tag Anfang September, der Wind blies Wolken vor die Sonne, und gerade wenn man dachte, es würde kalt, kam sie wieder heraus und strahlte, als wollte sie Versäumtes wettmachen. Stan kam wieder mit zum Strand und ging ein Stück hinter ihnen, während sie Muscheln sammelten und immer wieder in die steigende Flut patschten. Lucys Lachen war voller Momente plötzlicher Glückseligkeit. Auch Elsie lachte, aber es klang eher, als würde sie sich räuspern. Sie hatte ein Geschirrtuch mitgebracht, in dem sie die Schalen sammelten. Einmal entdeckten sie einen Tümpel, und als Stan sie einholte, waren sie auf Händen und Knien und suchten im Tang nach Herzmuscheln und hielten kleine Tiere auf ihren Handflächen. Er ging weiter, und als er sich umdrehte, sah er, dass Elsie sich um einen Kratzer an Lucys Knie kümmerte und ihn mit einem Taschentuch verband. Ihre Köpfe berührten sich. Er war zu weit weg, um zu hören, was sie sagten. Er ging noch weiter bis zu einem Felsen, auf den er sich setzte, und schaute aufs Meer hinaus, das im ersten Augenblick noch glitzerte und im nächsten, als die Wolken sich wieder vor die Sonne schoben, runzlig und grau war. Er wünschte sich, der Wind könnte ihn davontragen an einen stillen Ort, geschützt vor Stürmen und Sonnenlicht, einen kleinen, stillen Ort, an dem er ein anderer werden konnte, ein echter Seefahrer, der nach lebenslanger Reise endlich nach Hause kam und sich zur Ruhe setzte, sein Schiff vertäut in irgendeinem vergessenen Hafen, wo es vor sich hin rosten durfte. Wie er so aufs Meer hinausschaute, wünschte er sich nur, er wäre nicht, was er gewesen war, denn seine Vergangenheit saß ihm immer im Nacken. Dort in der Entfernung waren Lucy und Elsie, jetzt wieder an dem Tümpel, als könnte so das Glück aussehen, an das man sich erinnert oder auf das man sich freut, ganz anders als diese verdammte, große, windige Leere des Meeres und die Jahre, die ihm bevorstanden …

Als sie sich aufrichteten, um Stan zu folgen, sagte Lucy: »Ich muss dir ein Geheimnis verraten.«

Die Sonne funkelte auf ihrer Zahnspange. Elsie merkte, dass es ein glückliches Geheimnis war. Bis dahin hatte es noch kein wirkliches Glück gegeben. Muscheln sammeln und durchs Wasser hüpfen, das half jetzt nur zu vergessen, was es alles nicht gab, worauf man sich freuen konnte, oder was passiert war und immer noch passierte. Sooft sie Lucy anschaute, vermutete sie, dass sie Geräusche in ihrem Kopf hatte, schreckliche, wütende Geräusche, vor denen sie die Ohren zu verschließen suchte. Sicher bemühte sich Lucy, nicht daran zu denken, wohin sie als Nächstes gehen würde, als stünden die Türen des Lebens hinter und vor ihr stets offen und zeigten die Dunkelheit dahinter. Elsie erinnerte sich, dass sie schon früh gelernt hatte, die Türen geschlossen zu halten, und jetzt öffneten sie sich weit zu wunderschönen Gärten in allen Jahreszeiten, und deshalb konnte, was jetzt passierte, ewig so weitergehen, Garten um Garten bis zum Ende der Zeit. Sie wartete, dass Lucy ihr die Überraschung verriet.

»Morgen kommt meine Mummy. Sie will sogar bleiben, und wir werden uns irgendwo nicht weit weg von Granny ein hübsches Plätzchen suchen.«

Was war die richtige Frage? Fing jetzt alles an, sich zum Besseren zu wenden? Und ihr Vater? Worauf hatten sich die beiden geeinigt? Würden die Streitereien jetzt aufhören? Sie wollte alles wissen, wollte wissen, wie glücklich Lucy werden könnte. Aber das war es nicht. Es war das Ende. Ihre Mutter würde sie wegholen. Die Immobilienmakler würden Leute ins Cottage bringen. Und da war Stan, der schon wieder vorausging und sich nicht umdrehte, als wollte er sie zurücklassen, als würde er um die Landspitze biegen, und sie würden ihn nie wiedersehen.

»Du scheinst dich ja nicht gerade zu freuen«, sagte Lucy eben.

Elsie legte ihr die Hand auf die Schulter. »Natürlich freue ich mich.«

Und sie wusste, wegen ihrer rauen Stimme konnte Lucy nicht erkennen, ob sie sich tatsächlich freute.

Sie gingen am Strand entlang zurück. Das Geschirrtuch war voller Muschelschalen. Sie ließen sich die Füße von der Flut überspülen. Die Wolken waren dichter geworden, und das Meer leuchtete nur noch in der Ferne. Der Wind wehte die Gischt hoch, als hätte es angefangen zu regnen. Stan wartete am Auto auf sie. Er sagte, es werde jetzt langsam kalt, und er werde sie zu einem Café fahren.

Beim Start sagte Elsie: »Wunderbare Neuigkeiten, Stan. Morgen kommt Lucys Mutter.«

»Wie schön für dich«, sagte er und schaute in den Rückspiegel. Lucy hatte ein riesiges, glitzerndes Lächeln auf dem Gesicht, von einem Ohr zum anderen.

Elsie sah Lucy an, die sich abgewandt hatte, um zum Fenster hinauszuschauen. Das Lächeln schien verschwunden zu sein. Ihre Zukunft hatte schon wieder angefangen, sie nachdenklich zu stimmen, und sie und Stan könnten bereits Menschen sein, die sie vor langer Zeit gekannt hatte.

In diesem Augenblick schaute Stan noch einmal in den Rückspiegel und meinte, in einiger Entfernung Johnny Boyd zu sehen, der an einem Auto lehnte und ihm winkte und dann die Hand über die Kehle zog.

An diesem Abend redeten sie kaum. Elsie hatte Lucy nach Hause gebracht.

»Ich habe die guten Neuigkeiten gehört.«

Die alte Frau hatte dieses starre Lächeln nicht mehr, gab es doch jetzt etwas, worüber sie wirklich lächeln konnte. Sie drückte Lucy fest an sich. Sie hatte nicht vor, irgendetwas zu sagen, hielt nur die Hände vor Lucys Brust verschränkt. Sie wartete, dass Lucy sagte, was sie zu sagen hatte.

»Vielen Dank, Elsie, es war ein wirklich wunderbarer Nachmittag.«

»Ja, das stimmt«, erwiderte Elsie.

Die alte Frau drückte Lucy noch fester, klammerte sich fast an sie. Sie biss sich auf die Unterlippe, als traute sie ihrer Stimme nicht, nicht einmal ihrem Lächeln, als würde sie dadurch ein zu großes Risiko eingehen.

Plötzlich fiel Elsie ihr erster gemeinsamer Ausflug ans Meer wieder ein, bei dem sie am Strand eine tote Möwe gefunden hatten. Sie hatte die Augen weit offen und einen wütenden Blick, als wollte sie ihnen gleich ins Gesicht springen.

Lucy machte einen Schritt zurück. »Sie hat Öl auf den Flügeln«, sagte sie zu laut.

Stan holte sie ein. »Armes, kleines Ding«, sagte er. »Wird sicher nicht so herumliegen wollen und sich anstarren lassen. Ihr zwei geht ruhig weiter. Ich kümmere mich darum.«

Sie gingen weiter, ohne etwas zu sagen. Elsie drehte sich zweimal um. Beim ersten Mal sah sie Stan mit dem Vogel in der Hand den Strand hochgehen. Beim zweiten Mal grub er mit einem Stück Treibholz ein tiefes Loch in den Sand. Er will den Vogel nicht einfach nur zudecken, dachte sie.

»Er begräbt die Möwe«, sagte sie.

»Sie ist gestorben, weil sie nicht fliegen konnte«, sagte Lucy und deutete zum Himmel hoch, der über dem Meer blau wurde.

Es war das erste Mal, dass Elsie Lucy berührte, sie legte ihr ganz kurz die Hand auf die Schulter. Sie tat es nur, weil sie sich sonst hätte überlegen müssen, was sie darauf sagen sollte. Dann bückte Lucy sich, um eine Muschelschale aufzuheben. Stan hielt Abstand zu ihnen, vielleicht, weil er sie so sehen wollte, als irgendjemands Familie.

Zwei Tage später kamen die ersten Kaufinteressenten. Der Makler führte sie herum. Elsie hätte ebenso gut nicht anwesend sein können. Sie wurde nicht einmal vorgestellt. Sie wurde kaum angesehen. Ein- oder zweimal stieß der Makler sie beinahe beiseite, als wäre sie im Weg. Am vierten Tag schaute sich eben ein Paar um, als Stan nach Hause kam. Er schloss leise die Tür und starrte den Makler an, der eben in den hinteren Garten zeigte und etwas über den Geräteschuppen sagte. Seiner Stimme nach, dachte Stan, hätte er auch um sein Leben flehen können. Elsie stand in der Tür zur Küche und schaute ihn achselzuckend an. Es war offensichtlich, dass sie ignoriert wurde. Der Makler rieb sich nun die Hände. »Wollen wir uns jetzt vielleicht oben umschauen?«, sagte er. Er fragte Elsie nicht, ob sie etwas dagegen habe. Dann sah er Stan, der zum Fuß der Treppe gegangen war.

»Ah!«, sagte er.

»Wir haben doch nichts dagegen, dass sie sich oben umschauen, oder, Elsie?«

Elsie ließ ihr raues Kichern hören. »Nein, Stanley, ich glaube, ich kann berechtigterweise sagen, dass wir keinen grundlegenden Einwand dagegen haben.«

Sie hatte keine Ahnung, woher sie diese Formulierung hatte. Sie hörte nur oft Leute solche Dinge sagen, damit sie sich wichtiger vorkamen. Manchmal probierte sie die

Formulierungen selber aus. Das Paar schaute Stan an, der ihnen nicht Platz machte. Sie wechselten Blicke, während der Makler den Mund öffnete, um etwas zu sagen. Stan streckte die Hand aus, und der Makler nahm sie. Auch das Paar hielt nun die Hände hin.

»Ein wunderbares Häuschen, das Sie hier haben«, sagte der Mann und schaute den Makler erklärungssuchend an.

»Stanley und Elsie«, sagte Stan. »Jetzt dürfen sie aber alles sehen, nicht, Elsie? Da wir doch keinen Einwand dagegen haben?«

Er wandte sich dem Makler zu, der zu stammeln angefangen hatte: »Natürlich, natürlich, natürlich ...«

Stan machte ihnen Platz, und sie gingen nach oben. Und dann ging Elsie, sie wusste auch nicht, warum, zu ihm und schlang die Arme um ihn und legte ihre Wange an seine Brust.

»Das ist unser Zuhause, nicht? Was glauben diese Leute, wer sie sind? Sie haben gesagt, vielleicht wollen sie eine Veranda anbauen und statt des Geräteschuppens ein Sommerhaus kaufen. Sie haben gesagt, vielleicht reißen sie die Küchenwand ein. Sie haben gesagt ...«

Er schob sie weg. »Ein Tee wäre schön, Elsie.«

Das Paar und der Makler blieben lange oben, sie redeten, gingen auf und ab und machten Pläne. Der Makler kam allein wieder herunter. Er stand in der Tür zur Küche.

»Die sollen sich in Ruhe umschauen«, sagte er. Er versuchte, viel älter zu klingen, als er war, und stand plötzlich nicht mehr auf der Seite der Käufer. Sein Fransenpony fiel ihm über ein Auge, und er rückte sich die Krawatte zurecht. Dann griff er sich ans Revers, als wollte er etwas verkünden. »Clive Fairhurst«, sagte er. »Tut mir leid, wenn ich Ihnen Unannehmlichkeiten bereitet habe.« Das Paar kam die Treppe wieder herunter. »Ah, da sind wir ja wieder.«

Er breitete die Arme aus, um sie zur Tür zu dirigieren. Sie blieben für einen letzten Blick auf der Schwelle stehen und nickten einander zu. Der Makler lächelte. Er wusste, dass er ein Geschäft gemacht hatte. Bevor sie gingen, hob der Mann die Hand, und die Frau starrte. Wenn sie das nächste Mal kämen, würden sie erwarten, sie nicht mehr hier zu sehen, in einem Haus, das ihnen nicht gehörte. Das hieß der Ausdruck in ihren Gesichtern: Ehrlich gesagt, am besten verschwinden Sie hier bald.

Als die Tür sich hinter ihnen schloss, hörte Elsie den Makler sagen: »O ja, Madam, absolut, mieterfrei bei Erwerb und sofort beziehbar … Morgen …«

Es dauerte nicht lange. Dorothy berichtete Elsie am nächsten Abend, dass ein Angebot gemacht und akzeptiert worden war.

»Du musst also bald ausziehen. Nicht wahr, meine Liebe? Du und dein Freund. Maximal vierzehn Tage, hat Onkel Henry gesagt.«

Es war die Art, wie Henry über Elsies Aufenthalt im Cottage gesprochen hatte, wie er gesagt hatte, sie habe ja alles prächtig hergerichtet, aber trotzdem … Sie hatte schon lange nicht mehr die Geduld mit ihm verloren, nicht mehr seit er diese lächerlichen Preise für Vaters Besitz festgesetzt hatte.

»Ehrlich gesagt, Henry, du solltest Elsie dankbar sein und sie nicht einfach hinauswerfen.«

»Immer mit der Ruhe! Ich bin dankbar. Habe ihr einen verdammt großen Scheck gegeben, wenn du es genau wissen willst. Dann sagen wir eben, zwei Wochen.« Mit einem tiefen Seufzen legte er auf.

Dorothy fragte Elsie, was sie jetzt vorhabe. Elsie sagte, sie werde in ihre Wohnung zurückgehen und so weitermachen wie davor. Es war eine ziemlich blöde Frage. »Was soll ich denn sonst tun, Mutter?« Es kam keine Antwort. »Für Putzfrauen gibt es jede Menge Arbeit.«

»Natürlich, meine Liebe. Natürlich gibt es die.«

Als sie den Hörer auflegte, sagte Stan, er müsse auch einmal telefonieren. Inzwischen war es ihm egal, ob Elsie mithörte. Schon sehr bald würde er sie nie wiedersehen. Er schaute sie an, als wäre sie wieder eine Fremde, wie damals, als sie sich im Bus kennenlernten und er ihr sagte, dass er einen Mann getötet habe, nur damit sie ihn nicht länger so anstarrte. Eine hässliche Fremde. Er wollte ihr gegenüber nicht länger dieses Gefühl der Dankbarkeit empfinden, da er doch jetzt weiterziehen musste.

Er rief an, um zu fragen, ob es etwas Neues über Gingers Bruder gebe. Sein Freund machte deutlich, dass Badger sich mit so alten Kamellen nicht mehr abgebe. Außerdem sei er kaum noch da, weil er die meiste Zeit in Spanien verbringe. »Lass es gut sein, Stan, das ist mein ehrlich gemeinter Rat. Als ich Badger beim letzten Mal sagte, dass du angerufen hast, konnte er sich anfangs gar nicht mehr an dich erinnern. ›Was für ein Stan?‹, fragte er.«

»Ich muss es wissen«, sagte Stan. »Ich dachte, ich hätte ihn gesehen.«

»Vielleicht hast du ihn gesehen. Vielleicht auch nicht. Um ehrlich zu sein, er ist nur noch ein Wrack. Krankenhaus. Sauferei. Operationen. Solche Sachen. Du weißt doch, was Badger immer gesagt hat: Es kommt über uns alle zur gegebenen Zeit, das Ersterben des Lichts. Er wusste schon immer mit Worten umzugehen, unser Badger.«

Keiner würde wissen, wohin er jetzt ging. Es gab Zimmer zu mieten, es gab Arbeit auf dem Bau, er würde seine Installateursausbildung abschließen, er konnte machen, was er wollte, verdammt. Natürlich auch seine Mum besuchen. Sie hatte ihm gesagt, ihr gehe es hervorragend, sie habe Freunde und den Fernseher und Bingo und alles. »Was könnte ich denn mehr wollen als mein hübsches kleines Zuhause?« Sobald er irgendwo eine Unterkunft gefunden hatte, würde er sie besuchen. »Ich habe meine Erinnerungen«, sagte sie. »Es gibt da ein hübsches Foto von dir am Tag deiner Schulentlassung.« Sie warf ihm nie vor, dass er sie nicht öfter besuchte. Sie wollte ihn wissen lassen, dass sie mit ihrem Leben zufrieden war.

Nach dem Anruf von Dorothy kam Lucy mit ihrer Mutter vorbei. Elsie hatte sie seit Tagen nicht gesehen.

Allerdings hatte sie ihre Granny im Dorfladen gesehen,

und sie hatte ihr erzählt, die beiden würden zusammen einen kleinen Urlaub machen. Dieses starre Lächeln war wieder da, aber es wurde selbstsicher eingesetzt. Die Sonne kam heraus, als sie zusammen den Laden verließen, und fiel auf die Wetterfahne der Kirche, so dass sie gemeinsam zu ihr hochschauten, als hätte ein Blitz sie getroffen.

»Sie waren sehr nett zu Lucy«, sagte ihre Großmutter.

Wie hätte Elsie je erklären können, dass Lucy es war, die nett zu ihnen gewesen war, einfach indem sie regelmäßig kam.

»Sie hat mir beigebracht, besser Schach zu spielen.« Es klang so lächerlich, wie sie es sagte, mit dieser rauen Stimme und dem ausdruckslosen Gesicht.

»Das hat sie mir erzählt ... und all diese wunderbaren Muschelschalen. Meine Güte, meine Güte. Das Leben kann schon komisch sein.«

Lucy stand vor ihrer Mutter. Sie waren sich so ähnlich, der breite Mund und die dunkelblonden Haare, die ungekämmt das Gesicht umrahmten, und Augen, die keine Geheimnisse bewahrten, immer nur das Beste hofften und einfach nur weiter glücklich sein wollten. Genau so hatte Elsie immer sein wollen. Wie konnte eine so sanft aussehende Frau schreien und sich anschreien lassen? Woher kam Hass? War er wie etwas, das sich aus der Dunkelheit auf einen stürzte und bei der Kehle packte? Sie hatte schon vor langer Zeit beschlossen, nicht mehr zu hassen. Manchmal lagen die Gärten in der Nähe einer Kirche, und dann ging sie hinein, kniete sich sogar hin und schaute zum Altar hoch, um sich bewusst zu machen, dass sie eine von Tausenden war, die das Gleiche getan hatten. Sie hatte beten gelernt. Ihre Mutter hatte sie in die Sonntagsschule geschickt, und gemeinsam waren sie in die Frühmesse gegangen, ihre Mutter hatte mit ihrer hohen, schrillen Stimme mal richtig, mal falsch gesungen, und sie hatte singen wollen. Aber ihre Stimme war ein Knurren, und sie konnte nur summen, ein tiefes Summen, während sie die Worte stumm mitsprach und ihre Mutter auf sie herablächelte, als wollte sie sagen, Gott freue sich sehr, dass sie sich bemühe. An solchen Orten gab es keinen Hass. Was konnte sie denn sonst denken, wenn sie Lucy und ihre Mutter so zusammen sah, als hätten sie sich von etwas befreit, das sie besessen hatte. In den wenigen Augenblicken, die sie so dastanden, hatte sie für sie gebetet …

»Wir sind gekommen, um uns zu verabschieden«, sagte Lucys Mutter. Ihre Stimme klang so, als könnte sie gar nicht erhoben werden, und doch hatte Lucy sie ganz anders gehört. Sie waren voneinander getrennt gewesen und jetzt …

»Und um von ganzem Herzen danke zu sagen«, fügte Lucy hinzu. Sie war inzwischen so glücklich, dass ihr der Abschied nichts mehr ausmachte, auch wenn es vielleicht für immer war. Sie wartete schon ungeduldig darauf, was nun kommen würde. Ihr Mund schloss sich fest über den Zähnen. Sie wollte seriös und korrekt sein.

»Wollt ihr nicht reinkommen?«, fragte Elsie.

Lucys Mutter schüttelte den Kopf. Ihre Hände lagen jetzt auf Lucys Schultern, und sie drückte sie. Ihre Augen wurden plötzlich argwöhnisch, sogar ängstlich, und sie schloss sie mit einem Stirnrunzeln, als wollte sie verhindern, dass Elsie etwas sah.

»Wir gehen nach Cornwall. Ich habe dort eine Freundin, bei der wir unterkommen können. Sie hat eine Tochter in Lucys Alter. Sie können zusammen in die Schule gehen. Vielleicht bleiben wir dort. Das würde dir gefallen, nicht, Darling?«

Lucy nickte, und dann wandten sie sich zum Gehen. Elsie nickte ebenfalls. »Ich hoffe, du wirst sehr glücklich«, sagte sie. Und dann sagte sie rasch, weil es ihr plötzlich sehr wichtig vorkam, dass sie nicht zurückgelassen wurden, dass sie ohne sie nicht einsam sein würden: »Das Cottage wird verkauft. Wir gehen auch bald weg.«

Lucy zeigte keine Überraschung, aber ihre Mutter sagte: »Oh!« Sie zögerte kurz. »Das tut mir leid.« Dann führte sie Lucy hastig weg, als hätten sie an der falschen Haustür geklopft.

Am Tor drehten sie sich nicht um für ein letztes Winken. Elsie ging ins Cottage zurück und saß dann lange Zeit auf dem Sofa. Sie schloss die Augen und merkte, dass sie betete. Sie wollte kein Selbstmitleid haben. Später ging sie hoch in ihr Zimmer und legte sich aufs Bett. Sie dachte an Lucys Mutter, an dieses freundliche, offene, sorglose Gesicht, wie es von Zorn verzerrt wurde. Sie hörte nicht, dass Lucy zurückkehrte und etwas auf die Schwelle legte.

Es war ein hölzernes, mit Muschelschalen verziertes Kästchen. Darin lag ein silberner und blauer Kugelschreiber mit einer aufgemalten kleinen Flotte von Jachten. Der Brief lautete: *Liebe Elsie, lieber Käpt'n Stan. Danke, dass ihr so nett zu mir wart. Ich werde euch nie vergessen. Um ehrlich zu sein, ich glaube, wir müssen beide noch an unserem Schach arbeiten. Das sind natürlich nicht die Muschelschalen, die wir gesammelt haben, weil ich aus denen etwas anderes für Granny mache. Es ist ganz einfach, Ersatzminen für den Kugelschreiber zu kriegen, Stan. Alles Liebe, Lucy.*

Am nächsten Tag kamen die Käufer, um auszumessen. Sie fragten nicht um Erlaubnis. Als Elsie ihnen Tee anbot, reagierten sie kaum darauf, als hätten sie bereits vergessen, wer sie war, weil die Zukunft in ihrem neuen Zuhause viel zu aufregend war. Nachdem sie gegangen waren, trat Elsie auf die Straße und sah Lucy und ihre Mutter Koffer in ein Auto laden. Sie konnte sie leise plappern hören. Die alte Dame stand in der Haustür. Elsie versuchte, sich auch ihre Traurigkeit vorzustellen, und wäre gern neben ihr gestanden, um dann mit ihr zu winken. Sie ging den Fußweg entlang zum Dorfladen, um fürs Abendessen einzukaufen. Sie wollte eine Fisherman's Pie kaufen, eins von Stans Lieblingsgerichten, weil es ihn, wie er sagte, an die alten Zeiten erinnerte, als er sein Schiff aus stürmischer Tiefe zurück in den Hafen steuerte.

XVI

Als sie zurückkam, war das Auto vor dem Haus von Lucys Großmutter verschwunden. Auf dem Rückweg war ihr ein anderes Auto aufgefallen, das auf dem Grasstreifen am Waldrand gewendet hatte. Manchmal hatte sie Liebespaare gesehen, die, Hand in Hand und grinsend, vom Wald zu ihren Autos zurückkehrten.

Sie hatte die Tür nicht abgeschlossen. Als sie sie öffnete, sah sie einen Mann, der sie über den Tisch hinweg anschaute. Er saß nach vorn gebeugt da, hatte die Hände unter einer Zeitung liegen und starrte sie an. Sie hatte noch nie so farblose Augen gesehen. Es war, als wäre er blind. Dennoch lag Wut in ihnen, eine geschlagene, verzweifelte Wut. Strähnen seiner über den kalten Schädel gekämmten rötlichen Haare hatten sich gelöst und hingen ihm bis zu den Augen. Seine Stirn war mit kleinen Schorfen bedeckt, an einigen waren noch Blutstropfen zu sehen. Sein Gesicht war weiß wie Milch und glänzte vor Schweiß. An den Bewegungen seines Unterkiefers sah Elsie, dass er mit den Zähnen knirschte. Sie erwartete nicht, dass er etwas sagte. Dann räusperte er sich.

»Hab dich aus der Ferne gesehen. Ist ganz schön tief

gesunken, unser Stanley.« Seine Stimme klang piepsig, als würde er um etwas betteln.

»Stan kommt noch eine ganze Weile nicht nach Hause«, sagte sie. Ihrer Stimme würde er nie anmerken, was für eine Angst sie hatte.

»Ich kann warten. Ich weiß, wann er zurückkommt, Darling.«

Sie wollte sehr höflich sein, so tun, als wüsste sie nicht, warum er hier war. »Ich bringe nur eben die Einkäufe in die Küche«, sagte sie und fügte dann hinzu: »Möchten Sie vielleicht eine Tasse Tee?«

Die Wut brach aus ihm heraus, und die Stimme wurde schriller. »Hat er dich, wo er dich will, als Dienstmagd? Muss auch solche geben.« Die letzten Worte klangen verwaschen, und seine Augen folgten ihr, als sie in die Küche ging. Sie fragte ihn noch einmal, ob er eine Tasse Tee wolle.

»Ich glaube nicht, dass mir der Sinn gerade nach Tee steht, vielen Dank«, sagte er, als hätte er plötzlich seine Manieren wiedergefunden. »Nicht im Augenblick.«

Stan konnte jeden Augenblick zurückkommen. Sie horchte, ob sie sein Auto hörte. Mit zitternden Händen schob sie das Brot und die Fisherman's Pie und die Butter in den Kühlschrank. Sie hatte vergessen, dass sie auch Eier gekauft hatte, und hörte, wie sie zerbrachen, als sie die Einkaufstüte abstellte. Sie wusste, was sie tun musste. Stan bewahrte seine Waffe ganz hinten in der zweiten Schublade hinter dem Besteck auf. Sie hatte ihn gebeten, sie woanders zu verstecken, im Werkzeugschuppen vielleicht. Einmal hatte sie ihn das Ding reinigen sehen und bemerkt, dass sie geladen war. »Bringt doch nichts, was zu haben, das nicht funktioniert, oder?« Er hatte ihr gesagt, sie dürfe sie nie anfassen. Dann hatte er auf einen kleinen Hebel gedeutet, der nach vorn zeigte. »Entsichert«, sagte er.

Sie warf einen schnellen Blick ins Wohnzimmer, wo der Mann sich noch weiter vorgebeugt hatte und die Hände unter der Zeitung bewegte. Sie meinte, das Geräusch eines Autos zu hören. Für Stanley war es zu früh. Vielleicht war es Lucy, die jetzt mit ihrer Mutter aufbrach zu ihrer langen Fahrt nach Cornwall. Es war ganz leicht, sich die beiden vorzustellen, Lucy, die fröhlich plapperte, die Mutter, die still zuhörte und nickte, sich aber auch erinnerte, jetzt, beim Start in ein neues Leben.

Sie hatte kein Zögern in sich, keinen Zweifel, als wäre sie schon ihr ganzes Leben überzeugt gewesen, dass es etwas gab, das getan werden musste. Sie nahm die Waffe, versteckte sie unter einem Geschirrtuch und ging zurück. Es war eindeutig Stans Auto da draußen. Sie sah die Konzentration des Mannes, wie seine Augen sich weiteten, die Hände unter der Zeitung sich anspannten.

»Ich muss nur noch …«, setzte sie an, aber sie hatte nichts zu erzählen. Sie hatte keine Ahnung, welchen Grund sie haben könnte, sich mit einem Geschirrtuch in der Hand hinter ihn zu stellen. Sie hörte das Klicken des Tors.

»Mach einfach, dass du hier rauskommst, du blöde, hässliche Kuh«, murmelte er.

Sie hob die Waffe und schloss die Augen und drückte

den Abzug. Die Explosion war ein riesiges Krachen in ihrem Kopf. Sie konnte nicht hinsehen, kniff die Augen zusammen, ließ die Waffe fallen und sank auf die Knie. Sie bedeckte ihr Gesicht mit den Händen und fing an zu schluchzen.

Stan kniete neben ihr. Seine Hände lagen auf ihrem Rücken, umfassten dann ihre Schultern. Seine Stimme war sehr langsam und sehr sanft. »Alles in Ordnung. Käpt'n Blaubär ist hier. Jetzt hör mir gut zu.«

Sie schaute zwischen den Fingern hindurch zu ihm hoch. Ihr Schluchzen war beinahe verebbt. Sein Gesicht war ihrem sehr nahe, und er zwinkerte ihr zu. Unwillkürlich versuchte sie zu lächeln. Ihr Blick fiel kurz auf die Leiche, die neben dem Tisch und dem umgefallenen Stuhl lag. Stan redete.

»Du machst jetzt nur eins, Darling. Du machst dir eine schöne Tasse Tee, und dann gehst du in dein Zimmer, legst dich hin und liest eine Zeitschrift, und schon bald ist alles wieder in Ordnung. Ich bin ja nicht umsonst ein Seefahrer.«

Er zog sie hoch und führte sie, eng an sich gedrückt, in die Küche. Er stand neben ihr, während sie Tee machte, legte ihr dann wieder den Arm um die Schultern und führte sie zur Treppe. Er folgte ihr und brachte sie bis zur Tür ihres Zimmers, zeigte ihr den hochgereckten Daumen, als sie sich aufs Bett legte und sich die letzten Tränen vom Gesicht wischte.

»Ich komme dann ein bisschen später zum Abendessen«, sagte er.

»Ich habe uns Fisherman's Pie besorgt.«

»Das ist meine reizende Elsie«, sagte er.

Er holte eine Decke aus seinem Zimmer, ging dann wieder hinunter und bedeckte die Leiche damit, nachdem er einen Schlüsselbund aus der Jackentasche des Toten geholt hatte. Auf dem Boden breitete sich eine Blutlache aus. Er steckte die zwei Waffen in eine Plastiktüte, die er neben die Tür zum hinteren Garten stellte. Er hatte genau gewusst, was er zu tun hatte, als er, nachdem er den Schuss gehört hatte, ins Cottage gekommen war und die Leiche auf dem Boden liegen und Elsie dahinter knien und schluchzen gesehen hatte. In seinem ganzen Leben hatte er noch nie etwas erlebt, das so einfach war. Nicht seit seine Mutter ihm beim Schulabgang gesagt hatte, er solle sich einen guten Job mit einer Rente besorgen und immer sauber bleiben und auf seine Erscheinung achten. Es war einfach für ihn, weil er wusste, er hatte in seinem Leben nichts anderes zu tun, als seine Mutter glücklich zu machen.

Er steckte die Decke unter die Leiche, drehte sie um und bedeckte schnell das Gesicht, dennoch sah er es kurz, den klaffenden Mund, das eine Auge noch geöffnet. Er wickelte die Leiche nun ganz in die Decke ein, schleifte sie in den hinteren Teil des Gartens und legte sie neben den Werkzeugschuppen. Die Säcke mit der Rasenerde lagen am anderen Rand des Gemüsebeets. Sie hatten versucht, Gemüse anzubauen, und es gab noch eine Reihe Karotten, die geerntet werden mussten, und zwei Reihen Kohl, der langsam verrottete. Sie hatten nur zwei Kohlköpfe ge-

gessen und übereinstimmend festgestellt, dass sie nicht so gut schmeckten wie die aus dem Supermarkt. Es gab auch noch einige Büschel Frühlingszwiebeln, die sie beide nicht sonderlich mochten. Das ganze Gemüse musste nur noch ausgerissen und weggeworfen werden.

Er erinnerte sich, dass er einen Pickel entdeckt hatte, als sie zum ersten Mal in den Werkzeugschuppen schauten. »Alles da bis zum Pickel«, hatte er zu Elsie gesagt. Er holte ihn und einen scharfen Spaten und fing an, die Erde aufzuhacken und wegzuschaufeln. Er fragte sich, ob man das Geräusch im Cottage von Lucys Großmutter hörte. Er fragte sich, was sie gedacht hatte, als sie den Schuss gehört hatte. Es waren schon manchmal Schüsse im Wald zu hören gewesen, und Elsie hatte gemeint, wahrscheinlich jage jemand Hasen oder sogar Füchse, die man inzwischen ja nicht mehr hetzen durfte. Oder Vögel, wie etwa Fasane. Sie lachten darüber, wie wenig sie doch über das Leben auf dem Land wussten. Es gab niemanden, den sie hätten fragen wollen. Die Leute wunderten sich wahrscheinlich sowieso schon, warum ein so merkwürdiges Paar in diesem Cottage wohnte, auch ohne dass sie Unmengen dummer Fragen stellten.

Erst lange nach Einbruch der Dunkelheit wurde er fertig. Der Vollmond trat eben hinter einer reinweißen Wolke hervor, als Stan die Leiche in das Loch rollte. Er holte die Plastiktüte mit den Waffen und warf sie auf die Leiche. Dann füllte er das Loch wieder auf, stampfte die Erde fest, riss das restliche Gemüse heraus und zog die Krume gleichmäßig mit einem Rechen darüber. Der Mond hing jetzt in einem klaren Himmel und schien auf die Erde herab. Und er dachte, wie perfekt das Beet jetzt aussah, wie für eine neue Aussaat vorbereitet. Vielleicht pflanzten die neuen Bewohner ja dort Blumen. Genau das hatte Elsie gewollt, sie hatte eine Liste mit Blumen geschrieben, die sie ansäen und später schneiden und in Vasen im ganzen Cottage verteilen konnten. Letztendlich hatten sie es gelassen, wie es war, mit Gemüse, das andere gesät hatten.

»Wo ist jetzt die Fisherman's Pie?«, rief er die Treppe hoch. Erst jetzt dachte er wieder an den Blutfleck, an die Blutspur bis zur Hintertür, die er vermutlich hinterlassen hatte. Aber es war kein Blut mehr zu sehen. Er schaute die Stelle an, wo die Blutlache gewesen war, aber das Holz glänzte. Er konnte Bodenpolitur riechen. Sie war heruntergekommen und hatte sich darum gekümmert, die gute Elsie. Er hatte Tränen in den Augen, die ihm beinahe über die Wangen gekullert wären, als sie die Treppe herunterkam. Er schnäuzte sich.

»Ich wasche mir nur noch die Hände«, sagte er. Fast immer wenn er sich die Hände wusch, dachte er daran, dass seine Mutter ihm ständig eingeschärft hatte, das dürfe er nie vergessen.

Als er zurückkam, wartete die Fisherman's Pie mit einer Portion weißer Bohnen auf ihn.

»Soll ich dir ein Ei machen?«, fragte sie.

»Was isst du?«, fragte er.

Er wünschte sich, so wie er es sich immer gewünscht hatte, er könnte in diesem Gesicht erkennen, was sie dachte. Ihre Stimme klang gelassen. Es hatte keinen Sinn, ihr zu sagen, was er getan hatte. Er konnte sich nicht überwinden, ihr dafür zu danken, dass sie ihm, vielleicht ihnen beiden, das Leben gerettet hatte. Und erst jetzt, als er sich die erste Gabel Fisherman's Pie in den Mund schob, erkannte er, dass er, als er den Schuss gehört hatte und vom Auto zum Tor und über den Gartenpfad zur Tür gerannt war, sich nur deshalb so beeilt hatte, weil er unbedingt wissen musste, was ihr zugestoßen war und was mit Sicherheit auch ihn erwartete. Ihr Gesichtsausdruck sagte ihm nichts, nur dass sie beide wussten, dass sie füreinander ihr Leben riskiert hatten. Er konnte nicht aufhören, sie anzustarren. Er legte seine Hand auf die ihre, drückte sie, und nun lächelte sie, eine Fratze, eine Grimasse, durch die jedoch Verständnis hindurchschien. Sie drehte ihre Hand um und umfasste seine sehr schnell, und er aß seine Fisherman's Pie zu Ende.

»Sieht aus, als hätte es dir geschmeckt, Käpt'n«, sagte sie.

»War nicht schlecht. Habe zu meiner Zeit ja selber ein paar Fische gefangen.«

Es gab noch einiges zu tun.

»Ich werde nicht lange herumtrödeln«, sagte er und holte den Schlüsselbund heraus. »Da draußen ist ein Auto, das beseitigt werden muss. Kann sein, dass ich morgen erst spät zurückkomme.«

Er blinzelte ihr noch einmal zu, und sie hob die Hand. Wenige Augenblicke später hörte sie das Auto davonfahren.

Es gab nichts mehr zu tun, außer abzuwaschen und ein bisschen fernzusehen. Kriege. Familien in Schwierigkeiten. Große Freundlichkeit hier und dort, die ganz normale, wie sie sie oft in Krankenhäusern beobachtet hatte. Auch große Gier und Gedankenleere, die weit über Dummheit hinausging, unter Leuten, die in einem Haus zusammengewürfelt waren ... Es ging alles zu Ende. Bald würde der Makler die Schlüssel abholen. Stan würde sie zum Bahnhof fahren. Sie würden sich verabschieden. Sie würden einander versprechen, in Verbindung zu bleiben. Es war merkwürdig, einen Mann wie Stan zu kennen, der einem alles verdankte, der einem vielleicht genau das sagen wollte. Sie wusste nicht einmal, ob er ein guter Mensch war. Außer dass er manchmal über seine Mutter sprach und dass er sein Leben lang versuchen wollte, sie nicht zu enttäuschen.

Der Makler rief am nächsten Vormittag an und sagte ihr, dass er die Schlüssel in zwei Tagen abholen werde, »wenn das okay ist«. Sie sagte ja. Sie fing an, das Cottage aufzuräumen, sie wischte und staubte ab, damit alles klar Schiff war. In der Küche und der unteren Toilette besserte sie sogar den Anstrich aus. Sie wachste und polierte den Boden noch einmal. Sie ging in den hinteren Garten und sah das frische, dunkelbraune Quadrat aus geharkter Erde. Einen Augenblick glaubte sie, dort würde sich etwas bewegen, und rannte deshalb wieder ins Haus, setzte sich und schlang zitternd die Arme um sich. Stan kam spät am folgenden Abend zurück.

»Alles erledigt«, sagte er.

Sie fragte nicht, wo er gewesen war, zumindest nicht gleich. Aber er wusste, sie erwartete, dass er es ihr erzählte. »Tut mir leid, dass ich so langweilig bin«, sagte sie. »Aber es gibt schon wieder Fisherman's Pie. Diesmal mit Erbsen.«

Sie sagte ihm nicht, ob sie im Garten gewesen war und die Stelle gesehen hatte, wo das Gemüse gestanden hatte und die Erde jetzt flach geharkt war und bald Gras und Unkraut darüber wachsen würden.

Er schob sich einen großen Bissen in den Mund. »Ich musste das Auto loswerden, nicht? Und zwar irgendwo ziemlich weit weg. Ein grässlicher Klapperkasten, das kann ich dir sagen. Hatte Glück, dass ich es weiter schaffte als bis zur Hauptstraße.« Sie sah zu, wie er seine Fisherman's Pie genoss. »Und was hast du so getrieben?«

Sie sagte, sie habe aufgeräumt und mit dem weißen Seidenmattlack ein bisschen ausgebessert. »Ich habe nur mal kurz hingeschaut«, sagte sie.

»Wir haben noch ein oder zwei Tage, die wir uns schön machen sollten.«

Am folgenden Nachmittag besuchte Elsie Lucys Granny. Sie wurde ins Haus gebeten und setzte sich auf die Kante eines Lehnstuhls und schaute sich um, während Isabel ein Glas Marmelade holen ging. Es gab zwei große Porträts von Männern in Marineuniformen, und das Zimmer war vollgestellt mit alt aussehenden Ziergegenständen und Objekten, und über jedes einzelne Stück hätte Elsie gern mehr gewusst. Lucys Granny hatte sich mit ihrer gesamten Vergangenheit umgeben, als hätte jedes einzelne Ding keinen anderen Zweck, als sie zu erinnern und dafür zu sorgen, dass sie nur ja nichts vergaß. Sie konnte jederzeit die Hand ausstrecken und dies und jenes berühren, als würde das die Zeit anhalten.

Das permanente Lächeln gab es nicht mehr. Sie sah einfach nur müde aus. Vielleicht hatte Elsie sie bei ihrem Nachmittagsschläfchen gestört, vielleicht tat sie nichts anderes, als hier zu dösen, umgeben von ihren Sachen.

»Ziemlich vollgestopft, was? Ich fürchte, ich habe es nicht sehr mit dem Wegwerfen.«

»Ich wollte nur wissen, ob Lucy und ihre Mutter gut angekommen sind«, sagte Elsie. Isabel nickte nur, vielleicht weil sie nicht wollte, dass eine Unterhaltung ihre Erinnerungen unterbrach. »Wir waren wirklich sehr gern mit ihr zusammen«, fügte Elsie hinzu und dachte dann an den anderen Grund, warum sie hier war. »Das Cottage wurde verkauft, und wir ziehen Anfang nächster Woche aus.« Noch immer kam keine Antwort. »Ich dachte mir nur, Sie wollen vielleicht Bescheid wissen.«

Isabel schaute sich im Zimmer um, als wäre es das letzte Mal, und sie wollte sich alles gut einprägen. »Ich werde Sie vermissen. Ich hoffe, meine neuen Nachbarn sind so nett wie Sie beide. Es wäre schön gewesen, wenn wir uns besser kennengelernt hätten. Ich komme aus einer Marinefamilie. Die See liegt mir im Blut, wie's so schön heißt. Ich hätte mich gern mit Ihrem Freund Stanley darüber unterhalten.«

In ihrer Stimme hatte eine Verabschiedung mitgeschwungen. Elsie stand auf. Dann sah sie den runden Tisch am Fenster, auf dem Lucys sämtliche Muschelschalen ausgebreitet lagen. »Ach, sieh mal an!«, sagte sie.

»Ja«, erwiderte Isabel anfangs nur und fügte dann hinzu: »Eine Erinnerung an Lucy, die hinzukommt zu all den anderen.«

Sie wollten aus dem Ende ihrer gemeinsamen Zeit noch etwas machen. Elsie sagte, sie werde danach einfach in ihre Wohnung zurückkehren, und Stan sagte, er werde sie zum Bahnhof fahren. Er erzählte Elsie, er werde seine Mutter besuchen, könne aber nicht dort bleiben. Jetzt konnte er ihr sagen, dass er es nicht mochte, wenn Leute auf ihn zeigten, weil sie es jetzt verstehen würde. Sie hatte ihn einmal gefragt, ob auch seine Mutter es nicht mochte, dass man auf sie zeigte. »Du kennst meine Mum nicht«, hatte er gesagt.

Sie beschlossen, einen berühmten Garten zu besuchen und dann noch ein letztes Mal ans Meer zu fahren. »Ich habe Geschmack daran gefunden, um ehrlich zu sein«, sagte er. »Dort gibt es Arbeit. Ich kann einen Gasinstallationskurs machen, den zweiten Teil meiner Lehre.«

Und noch immer sagten sie nichts über das, was passiert war, nur dass sie in Verbindung bleiben sollten. Es war Stan, der es vorschlug. Elsie konnte es nicht selbst sagen, weil Stan alles vergessen wollte außer seiner Mutter. Er war das Gegenteil von Isabel, die immer nur erinnert werden wollte. Er hatte ihre Adresse, wenn er ihr schreiben wollte.

Der Garten, den sie besuchten, war jetzt, Anfang September, nicht mehr so überwältigend. Elsie zeigte auf die Pflanzen und Bäume und Blumen und nannte ihre Namen. Es gab einen kurzen Schauer, und sie mussten sich in einer Hütte unterstellen, vor der zwei lange Rabatten standen. Sie sahen ziemlich mitgenommen aus, bis die Sonne plötzlich herauskam, und dann war es, als würde alles mit einem Schlag erblühen. Die Leute fingen wieder an herumzulaufen und schüttelten das Wasser aus ihren Regenschirmen. Sie hatten beide den gleichen Gedanken: Da waren sie alle, einer dem anderen fremd, schlenderten durch Gärten, deuteten, bewunderten, füllten ihre Herzen mit unbeständiger Schönheit, dem Aufblühen und Verwelken von Dingen. Während sie selbst tief im Herzen eine Leiche vor einem Tisch liegen sahen und wie sie in eine Grube gerollt und mit Erde bedeckt wurde. Und sie fühlten, was diese Leute nicht fühlen konnten, eine andere Art des Glücks, sie konnten nichts dafür. Sie versuchten sich einzureden, dass etwas Böses, eine Gefahr beseitigt worden war, dass sie nur ihr eigenes Leben gerettet hatten, und sie wollten dadurch die Gärten noch prächtiger machen.

»Jetzt ans Meer«, sagte Stan.

Sie hatten es beinahe für sich allein. Sie waren an dem Strand, wo sie mit Lucy einmal gewesen waren. Elsie sammelte ein paar Muschelschalen auf und erinnerte sich und warf sie wieder weg. Da kaum Wind ging, schimmerte das Wasser flach unter einem grauen Himmel. Am Horizont zogen vier Schiffe vorüber.

»Würde gern wissen, wohin sie fahren«, sagte Stan laut, als mache das ruhige Meer, das nur an den Strand plätscherte, zu viel Lärm.

»Ich auch«, sagte Elsie. »Wirklich. Ich möchte gern sehen, wie sie entladen werden, und dann der Fracht folgen, bis sie ausgepackt wird und sich in Sachen verwandelt, die in Läden verkauft werden.«

»Heute sind wir Philosophen, mh?«

Er hob eine Schale auf und warf sie weit ins Meer. »Gute, alte Lucy, die hätte ihr gefallen«, sagte er und drehte sich zu ihr um, als sie eben versuchte, ihn einzuholen. »Und weil ich gerade dabei bin, der guten, alten Elsie auch.«

Sie gingen weit. Sie wollten nicht, dass dieser Tag ein Ende nahm. Die beiden anderen Leute, die sie anstarrten und dann kehrtmachten und ihre Hunde riefen, als wollten sie sie in Sicherheit bringen, bemerkten sie kaum. Irgendwann gingen sie zurück.

»Und, heute Abend wieder Fisherman's Pie?«, fragte er.

»Lass dich überraschen«, erwiderte sie, obwohl sie noch keine Ahnung hatte, was sie am Abend kochen würde.

XVII

Auf dem Weg zum Bahnhof fuhren sie beim Immobilienmakler vorbei, um die Schlüssel abzugeben. Die Leute, die das Cottage gekauft hatten, waren am Abend davor noch einmal vorbeigekommen. Es wurde wieder ausgemessen, und zweimal ließen sie sich bestätigen, dass die Schlüssel wirklich am nächsten Tag übergeben würden. Stan und Elsie warteten auf der Terrasse. Die Leute wollten den Werkzeugschuppen sehen, und Stan führte sie hin. Er hatte ihn gründlich aufgeräumt, alle Werkzeuge hingen ordentlich an Haken. Den Rasenmäher hatte er geölt. Er zeigte ihnen das Regal mit Grassamen und Dünger und Moosvertilger und Insektiziden, alles ebenfalls ordentlich in einer Reihe. Auch die Werkzeuge für den Haushalt wurden dort aufbewahrt. Das Paar schaute sich das Gemüsebeet an.

»War ziemlich in Unordnung«, sagte Stan. »Habe das ganze Gemüse ausgegraben, jetzt ist das Beet bereit fürs nächste Frühjahr.«

»Sehr schön«, sagte der Mann.

Sie deuteten darauf und senkten die Stimmen. »Wir sind nicht gerade Gemüsegärtner«, sagte die Frau. »Oder?«

»Genau die richtige Stelle«, sagte der Mann. »Kann's kaum noch erwarten.«

Elsie sah sie durch den Garten zurückkommen. Als sie das letzte Mal hier gesessen hatte, hatte sie mit Lucy Schach gespielt. Sie erinnerte sich noch deutlich an ihr breites Lächeln mit der Spange, die über ihren Zähnen funkelte, die großen, eifrigen Augen, als wäre Schach das Aufregendste auf der Welt, so viel besser als alles, was sie zuvor erlebt hatte. Sie brachte die Leute zur Tür. Sie schauten sich um, nicht voller Aufregung, sondern als wollten sie sagen, dass dies für den Augenblick genügen müsse. Sie hatten die Böden und die Fenster ausgemessen. Es war die Ausstattung, die ihnen nicht zusagte. Sie hoffte, sie würden etwas Wohlwollendes sagen, bevor sie gingen.

»Perfekt«, sagte der Mann. Dann zögerte er lange. »Vielen Dank.«

»Nun komm«, sagte die Frau.

Sie gingen den Pfad hinunter. Sie drehten sich nicht um. Nicht einmal eine Hand wurde gehoben.

Stan brachte sie nicht bis zum Bahnsteig, weil es am Bahnhof keinen Parkplatz gab. Er holte ihr Gepäck aus dem Kofferraum und suchte für sie einen Kofferkuli. Sie standen da, und er legte die Arme um sie und drückte ihren Kopf kurz an seine Brust.

»Kein Lebwohl«, sagte er. *»Au revoir.«* Das sagte seine Mutter immer, als hätte sie eben eine phantastische neue Idee in einer phantastischen neuen Sprache entdeckt.

»Du musst mir deine Adresse schicken«, sagte sie.

»Deine habe ich«, sagte er.

»Ich kann dir Postkarten von den Gärten schicken.«

»Das wäre schön. Aber jetzt los mit dir. Der Zug ist auf dieser Seite. Du musst nicht über die Brücke gehen oder sonst was.«

Sie hatten sich getrennt. Elsie hatte die Hände auf dem Kofferkuli. »Ich geh dann mal.«

Sie drehte sich einmal um und winkte. Er hob die Hand und warf ihr einen Kuss zu. Sie ging ein Stückchen den Bahnsteig entlang. Sie weinte so sehr, dass sie sich setzen musste. Der Kofferkuli war Leuten im Weg, die ans andere Ende des Bahnsteigs wollten.

»Leb wohl, Stan«, murmelte sie und schnäuzte sich heftig, um sich wieder unter Kontrolle zu bekommen. Es war genauso wie damals, als sie als Kind geweint hatte. Ihre Mutter hatte ihre Nase mit einem Taschentuch umfasst und gesagt: »Pusten!« Der Tote lauerte noch immer am Rand ihres Bewusstseins und starrte sie an, aber er verblasste bereits.

Ihre Wohnung musste gründlich abgestaubt und gewischt und gesaugt werden, aber bald war alles wieder so, als wäre sie nie weg gewesen. Sie beschloss, die Ansichtskarten von Gärten in den großen Rahmen, die sie im Rahmenladen gekauft hatte, auszutauschen. Es würde ihr beim Neuanfang helfen. Es gab noch ein paar andere Dinge, die sie erledigen konnte, sogar neue Vorhänge kaufen mit dem Geld, das Onkel Henry ihr gegeben hatte. Sie rief in der Arbeitsvermittlung an und erfuhr, dass es jede Menge Reinigungsjobs in Krankenhäusern gebe. Wann sie anfangen könne? Sie klangen erfreut, von ihr zu hören. Am nächsten Tag würde sie ihre Mutter besuchen. Das normale Leben ging wieder weiter. Nur dass sie jetzt auf Nachrichten von Stan warten würde. Nur dass jetzt in der Welt war, was passiert war, so dass sie nie wieder ganz so gelassen sein konnte, wenn sie wischte und abstaubte und Gärten besuchte und flüchtig angestarrt wurde. Es war schrecklich gewesen, aber sie war auch stolz auf sich. Sie konnte nichts dagegen tun. Zuvor hatte sie nicht gewusst, was es hieß, stolz auf sich zu sein, nicht einmal, als der Aufseher im Krankenhaus ihr sagte, sie habe gute Arbeit geleistet. Das war zweimal passiert. Es war, als würden diese beiden Gefühle unter der Oberfläche des Lebens miteinander streiten und ihr die Freiheit geben, einfach weiterzumachen. Irgendwann gingen sie sie nichts mehr an. Sie hoffte, dass sie auf ihre Mutter nicht verändert wirken würde. Wie immer war nur wichtig, dass sie sich keine Sorgen wegen ihr machte.

Dorothy schien sich zu freuen, sie zu sehen, und wollte alles über das Cottage wissen. Da waren Lucy und ihre Großmutter, von denen sie erzählen konnte. Und natürlich der Garten. Und die neuen Besitzer.

»Was ist mit deinem Freund?«, fragte Dorothy.

»Oh, er hat sich wieder vollständig erholt.«

»Erzähl mir von ihm.«

»Er war ein Seemann, bis er krank wurde.«

»Was für ein Seemann?«

»Vorwiegend in der Hochseefischerei.«

»In diesem Bereich gibt es ja heutzutage viele Probleme. Mit Überfischung und dem allem.«

»Ich weiß. Er hat mir alles darüber erzählt.«

Es gab eine Pause. Dorothy stand auf und ging zum Fenster. »Ich habe eine traurige Nachricht für dich«, sagte sie. »Dein Vater ist gestorben.«

Elsie hatte ihr nie erzählt, dass sie ihn einmal in seinem Bungalow an der Küste besucht hatte. Sie meinte, es könnte illoyal wirken. Und sie wollte nichts sagen müssen über die ganz und gar nicht nette Frau, wegen der er Dorothy verlassen hatte. Sie saß einfach nur da, erinnerte sich an ihn, an die Geräusche im Hintergrund, an die Traurigkeit, weil nichts so richtig gut gelaufen war, und an all das, was mit ihm nicht mehr gestimmt hatte. Sie saß einfach nur da und murmelte, dass es ihr leidtue.

»Natürlich, meine Liebe, du hast ihn ja kaum gekannt, nicht? Du hast ihn überhaupt nicht gekannt.«

»Wie hat Geoffrey reagiert? Hat Geoffrey ihn je besucht?«

»Soweit ich weiß, nicht. Eigentlich sagte er nur: ›Oh!‹ Da ist noch was anderes. Sein Testament. Es ist nicht viel, aber wenn sie stirbt, geht der Erlös des Bungalows an euch beide. Sie ist ziemlich krank, soweit ich weiß. Mit der verbliebenen Hypothek ist es nicht viel, aber es ist besser als ein Tritt in die Zähne, wie mein Vater immer gesagt hat.«

Sie drehte sich um.

»Sehr erfreut siehst du nicht aus.«

Aber Elsie hoffte nur, dass die Frau bald sterben würde, weil sie dann Stan ein bisschen was geben könnte, als Starthilfe für sein neues Leben. Und sie würde nach Herzenslust alle Gärten besuchen können. Sie könnte einigen der ausländischen Putzleute helfen, nach Hause zu fahren, um ihre Lieben zu sehen. Ihre Mutter hatte ihr vor einiger Zeit Fahrstunden bezahlt, und sie könnte sich ein kleines Auto kaufen.

»Na ja, eigentlich hätte er es ja dir hinterlassen sollen, nicht?«

Dorothy lachte. »Liebe, liebe Elsie!«

Stan hatte bereits ein Zimmer in der Nähe seiner Baustelle gefunden. Seine Installateursausbildung konnte er nur zehn Meilen entfernt fortsetzen. Nach zwei Wochen schaute er in seiner alten Wohnung vorbei. Sie war noch so, wie er sie beim letzten Mal gesehen hatte, seine Habseligkeiten überall auf dem Boden verstreut, Bettzeug und Vorhänge zerrissen, der Fernseher eingeschlagen, die Stühle kaputt. Zu retten gab es nichts. Auf der Treppe stritten sich die beiden anderen Bewohnerinnen wegen der Küche, als hätten sie nie damit aufgehört. Sie beachteten ihn kaum. Er redete mit seinem Vermieter und sagte ihm, dass er ausziehe. Er sei weg gewesen, sagte er, und in der Zeit habe jemand das Zimmer verwüstet. Die Miete war im Voraus bezahlt, und den Rest würde seine Kaution abdecken. Dann schaute er sich noch ein letztes Mal in dem Zimmer um und lächelte. »Jetzt komm und such mich«, sagte er.

Seine Mutter hatte ihn nicht erwartet. Er sagte, er sei aus diesem Cottage wieder ausgezogen, wolle aber im Süden bleiben. Vielleicht würde er ja eines Tages ein hübsches

Häuschen finden, in dem sie zusammen wohnen könnten. Er erkannte plötzlich, wie alt sie wurde, wie sie in ihrem Sessel hin und her rutschte, als wäre das schon Bewegung genug.

»Nein, Stanley, das könnte ich nicht. Ich habe meine Freunde. Und diese Wohnung. Na ja, ich habe sie mir über die Jahre Stück um Stück hergerichtet, nicht?«

Er nickte. Musste er ihr noch einmal erklären, dass er hier bei ihr in der Nähe nicht leben konnte, wo die Leute auf ihn zeigten und wussten, wer er war? Natürlich nicht.

»Ich komme dich oft besuchen«, sagte er.

»Ich freue mich immer über deinen Besuch.« Sie bewegte sich wieder in ihrem Sessel. »Dieser Bart da. Bleibt der jetzt so?«

»Gefällt er dir nicht?«

»War noch nie eine große Bartfreundin.«

Er erzählte ihr vom Cottage und vom Garten und ein wenig über Elsie und das Mädchen, mit dem sie Ausflüge gemacht hatten, und über dessen Großmutter. Er erzählte ihr von der Arbeit, die er gerade machte. Nach Gingers Bruder wollte er sie nicht fragen. Sie würde es ihm erzählen, wenn es ihr angebracht schien.

Als er aufstand, um sich zu verabschieden, sagte sie: »Hast du gehört, dass Gingers Bruder verschwunden ist?«

»Er ist verschwunden? Wo?«

»Das Auto stand an diesem Beachy Head. Keine Spur von einer Leiche.«

»Komisch.«

»Ist verdammt noch mal nicht schade drum, wenn du mir den Ausdruck verzeihst.«

»Das ist schon so lange her, Mutter. Ich denke nicht mehr gern an diese Sachen.«

Er hatte seine Mutter noch nie fluchen hören. Sie hatte ihm oft gesagt, sie hoffe, er werde nie wie all die anderen, die immer diese schrecklichen Wörter in den Mund nahmen.

Er rief seinen Kumpel an. »Was höre ich da von Gingers Bruder?«, fragte er.

»Hat sich umgebracht. Er war ja nur noch ein verdammtes Wrack. Stand eh schon auf der Abschussliste. Warte mal, ich stelle dich zu Badger durch.«

»Hallo, Stanley, mein junger Gefolgsmann«, sagte Badger. »Ich hoffe, man befindet sich einigermaßen gut?«

»Ja, vielen Dank.«

»Und, womit ist man heutzutage beschäftigt?«

»Ich ziehe in den Süden.«

»Kluger Kamerad. Bei mir ist's das gute alte España. Das ruhige Leben, Gin Tonics am Swimmingpool schlürfen. Nun, Stanley, schön, deine Stimme zu hören, keinen Tag gealtert, wie's klingt. Aber die Zeit verrinnt.«

»Ich habe nur angerufen, um zu hören, was man so über …«

»Ach du gütiger Himmel, Stanley! Wäre meinen grauen Zellen fast schon wieder entwischt. Dass Gingers Bruder sich umgebracht hat. Die Leiche wurde noch immer nicht gefunden. Hat dir die Mühe erspart. Sehr rücksichtsvoll von ihm. Einer von der ganz üblen Sorte. So übel wie sein Bruder, zumindest beinahe.«

»Er war nicht gesund, wie ich gehört habe.«

»Na ja, frischer werden wir im Lauf der Jahre alle nicht, wie es so schön heißt. Muss mich jetzt beeilen, Stanley. Wir bleiben in Verbindung. Und falls du je in Spanien weilst. Hasta la vista, alter Knabe.«

Er legte auf. Und plötzlich wurde Stan zum allerersten Mal klar, dass er Badger die ganze Zeit gehasst hatte, nichts weniger als das. Diesen Badger, der ihm zuerst eine Heidenangst eingejagt hatte, ihn aber dann zu dem machte, was er war, ihn dazu brachte, sich selber zu hassen, und sich nie für ihn einsetzte, sich nie für irgendjemand einsetzte.

Nun hatte er sein kleines Zimmer einzurichten und sein Leben neu zu beginnen. Er wollte etwas aus der Wohnung seiner Mutter mitnehmen, und als er sich verabschiedete, sagte er ihr das, ein kleines Erinnerungsstück an die Vergangenheit. Sie überlegte eine Weile, ging hin und her und schaute sich um.

»Ich weiß etwas, Stan. Siehst du dieses Schwein da auf dem Kaminsims?«

Er holte es. Ein Bein war mit braunem Leim wieder angeklebt, und ein Ohr war abgefallen.

»Das war dein erstes Sparschwein. Ich habe es nie weggeworfen, weil ich immer daran denken musste, wie du es geschüttelt hast und dein Geld gespart hast für was weiß ich. Du kannst es haben, Stan.«

Er hatte etwas von ihr haben wollen, nicht von sich. Etwas wie eine Teekanne oder eine Vase.

Er wollte es ihr eben erklären, doch dann sagte sie: »Ich würde mir einfach gern vorstellen, dass du wieder Pennys reinsteckst, das Kleingeld, das sich irgendwann ansammelt. Ich würde mir einfach gern vorstellen, dass du es wieder schüttelst. Mein guter, kleiner Stanley.«

Er nahm das Schwein und schüttelte es. Es war nur eine einzelne Münze darin.

»Das ist einer der alten Pennys«, sagte sie. »Der letzte, den du hineingesteckt hast. Ich sehe dich jetzt noch ...«

Sie wurde langsam müde, und er beugte sich zu ihr und küsste sie auf die Stirn. »Ich fange besser wieder an zu sparen«, sagte er.

Ein letztes Mal ging er Sherrill besuchen. Das Kind schien ihn vergessen zu haben und klammerte sich an seine Mutter. Stan gab ihr tausend Pfund, alles, was von Badgers Geld übrig war. Der Vater des Mädchens komme nicht mehr vorbei, aber jetzt gebe es einen anderen, sagte sie ihm.

»Nicht noch so einen, hoffe ich?«, sagte er.

Sie schüttelte den Kopf. »Er kann sehr gut mit der Kleinen. Ich glaube, er liebt mich wirklich, Stan. Du hast mich nicht geliebt, oder?«

»Nicht genug. Nicht annähernd genug. Aber genug, um zu wollen, dass du glücklich bist.«

»Das Geld, Stan. Ich weiß nicht, was ich sagen soll.«

Eine Weile lagen sie einander in den Armen, während das Kind sich noch immer an seine Mutter klammerte. Sie küssten sich nicht, aber bevor er ging, legte sie ihm kurz die Hand an den Bart.

»Wir sind nicht wirklich Bartfreunde, was, Darling?«

Das Kind schaute zu ihm hoch und schüttelte den Kopf.

XVIII

Elsie bestand ihre Führerscheinprüfung gleich beim ersten Mal. Der Prüfer sagte es ihr, als wäre es eine Riesenüberraschung für ihn, nachdem er anfangs gedacht hatte, sie würde nur seine Zeit verschwenden – wie sie sich ganz nach vorn setzen musste, um an die Pedale zu kommen, und wie sie übers Lenkrad gespäht hatte, als wäre sie überrascht, dort eine Straße zu sehen. Er schämte sich, so gedacht zu haben. »Die beste Fahrt, die ich seit vielen Jahren erlebt habe.«

»Jetzt kann ich noch mehr Gärten besuchen«, sagte sie.

»Tun Sie das«, sagte er. »Und viel Glück für Sie.«

Im Buch des National Trust gab es über tausend. Wenn sie sich ein Auto zulegte, könnte sie vielleicht alle besichtigen und der Reihe nach abhaken, bevor sie starb. Bis jetzt hatte sie nur etwa zwanzig besucht, ein paar allerdings mehr als einmal, vor allem Kew Gardens, weil sie den mit dem Zug leicht erreichen konnte. Im Grunde reichte es ihr fast, nur in den Kew zu fahren und in den Regent's Park, ihren Lieblingsgarten. Sie gewöhnte sich an, sich Notizen zu machen, und immer wenn sie zurückkam, schlug sie die Blumen und Pflanzen im Gartenlexikon nach. Außerdem gab es wunderbare Gartensendungen im Fernsehen. Manchmal musste sie dabei weinen, weil alles so schön war und die Leute sich so viel Mühe gaben. Wenn sie ihre Mutter besuchte, redete sie jetzt die ganze Zeit nur noch über Gärten. Früher hatte sie immer nur gesagt, wo sie gewesen war, als wollte sie Rechenschaft darüber ablegen, wie sie das Geld ihrer Mutter ausgegeben hatte, dass sie es nicht verschwendet hatte. Jetzt hatte sie beinahe Angst, sie würde sie mit all den Blumen und Sträuchern, die sie gesehen hatte, langweilen, aber sie merkte es dem sonst eher mürrischen Gesicht ihrer Mutter an, dass ihre Berichte über die Gärten, ihre Begeisterung sie ebenfalls glücklich machten. »Du musst dir ein nettes Hobby suchen«, hatte sie früher immer gesagt. Und jetzt hatte sie wirklich eins gefunden. Ihr Traum war, eines Tages selbst einen Garten zu haben, aber es wäre sicher nicht besonders taktvoll, das ihrer Mutter zu erzählen. Über ihre Putzjobs redete sie kaum noch. Es gab nicht sonderlich viel zu sagen über Schrubber und Krankenhäuser und so weiter. Und von den Dingen, die mit den Patienten nicht stimmten, wollte ihre Mutter bestimmt nichts hören.

Es dauerte drei Monate, bis Stan schrieb. Die Postkarte zeigte eine altmodische Galeone mit geblähten Segeln auf stürmischer See. Er schrieb: *Liebe Elsie. War noch nie ein großer Schreiber. Hier ist meine neue Adresse. Es ist dreizehn Meilen vom Meer entfernt. Ziemlich nette kleine Wohnung. Ich mache meine Installateursausbildung und kann ein bisschen was nebenbei verdienen. Viele Grüße von Stan.*

PS: Ich habe noch immer meinen Bart, und manchmal erzähle ich den Leuten von meiner Zeit als Seefahrer!

Jetzt konnte sie ihm also Ansichtskarten von den Gärten schicken. Sie schrieb immer nur sehr wenig darauf, weil sie für sich selber sprachen. Meistens wies sie ihn auf irgendein spezielles Detail hin, etwa auf die Rhododendren, die gerade in voller Blüte standen, oder auf einen berühmten Rosengarten. Sie unterschrieb immer mit »Deine Elsie«. Er antwortete nicht oft, und dann schrieb er meistens, dass alles prima laufe und er sich gut eingelebt habe. Er unterschrieb immer mit »Viele Grüße, Stan«. Er schlug nicht vor, sie solle ihn einmal besuchen kommen.

Einmal hätte sie es beinahe getan, als sie einen Abstecher zu Lucys Großmutter machte. Als Isabel die Tür öffnete, warf sie die Hände in die Luft und sagte: »Elsie! Wie schön!« So kannte Elsie sie gar nicht, war sie doch immer auf der Hut gewesen, als würde sie sich wegen irgendetwas schämen. Sie saßen in diesem überfüllten Zimmer und tranken Tee. Zweimal sagte Isabel: »Wie schön ist es, Sie zu sehen.«

Elsie setzte sich auf. Es war klar, warum sie hauptsächlich hier war.

»Sie wollen doch sicher etwas über Lucy hören, nicht?« Elsie nickte. »Sie haben in Cornwall ein entzückendes kleines Häuschen gefunden, in der Nähe einer alten Schulfreundin mit einer Tochter in Lucys Alter. Ein gute Schule, soweit man hört. Sie sind sehr glücklich.« Elsie beugte sich weiter vor und wartete auf mehr. »Sie haben doch ein bisschen was von dieser Ehe mitbekommen, von ihren Eltern.« Elsie nickte und hasste sich, weil sie so neugierig wirkte. »Es ist die übliche unschöne Regelung, Lucy verbringt einen Teil der Ferien bei ihm, oder sollte ich sagen, bei ihnen?« Sie schüttelte den Kopf. »Die arme kleine Lucy, sie kann nicht sagen, dass sie einfach nur wieder nach Cornwall zurück möchte, weil sie ihn nicht zu einem Wutausbruch reizen will.« Sie schloss die Augen und seufzte tief. »Es ist besser, viel, viel besser, als es war. Und das ist ja oft das Beste, was man übers Leben sagen kann.«

Elsie wollte noch mehr über Lucy hören. »Sie schien mir ein sehr glückliches Kind zu sein«, sagte sie. Das war so ziemlich das Dümmste, was sie hätte sagen können.

»Mh, ja und nein … Auf Sie und Käpt'n Stan, wie sie ihn nannte, muss sie sehr still gewirkt haben, nach … nach all … den schrecklichen, schrecklichen …«

Sie wollte nicht weiter darüber reden. Elsie schaute sich um und sah die Muschelschalen, die auf dem runden Tisch neben dem Fenster noch immer ordentlich arrangiert waren. Es kehrte alles wieder zu ihr zurück, die wunderbaren Tage am Meer, wie sie das Geschirrtuch füllten, das Schwappen und Gurgeln des Wassers, Lucys strahlendes Lächeln und ihr Lachen.

Isabel ließ die Erinnerung vorübergehen, hob dann den Kopf und sagte leise: »Es tut mir leid, dass ich mit Ihrem Freund nie über sein Leben auf dem Meer gesprochen habe. Wie Sie sehen können, sind wir eine Marinefamilie.«

Elsie schaute sich die Porträts und die Uniformen mit Gold und Orden darauf an. Sie war froh, dass sie nichts erwidern musste.

»Ich muss rüber, meine neuen Nachbarn besuchen. Warum kommen Sie nicht mit? Schauen Sie sich an, was sie aus dem Häuschen gemacht haben.«

Die Frau öffnete die Tür, und Isabel gab ihr ein Glas Konfitüre. »Wie versprochen«, sagte sie. »Himbeer.«

Die Frau klatschte stumm in die Hände. »Das ist ja ganz wunderbar!«, sagte sie. »*Vielen* Dank!«

Elsie trat hinter Isabel hervor, die nun sagte: »Ich nehme an, Sie erinnern sich an Elsie.«

Im ersten Augenblick wirkte die Frau schockiert, als wäre Elsie aus dem Nichts aufgetaucht. »Aber natürlich! Natürlich!«

Sie gingen ins Haus. Im Wohnzimmer blieben sie vor dem Fenster zum rückwärtigen Garten stehen. Alles hatte sich verändert. Der Tisch und die Stühle waren nun aus Kiefernholz. Es gab zwei rote Polstersessel und ein grünes Sofa. Auf dem Boden lagen Matten, die die Holzdielen verdeckten, und die Vorhänge waren einfarbig golden. Der Hauptunterschied waren die Bücherregale und die teuer aussehende Hi-Fi-Anlage.

»Es sieht wunderbar aus«, sagte Elsie.

»Das finden wir auch«, sagte die Frau.

Aber der Garten hatte sich nicht verändert. Die braunen Stellen im Rasen waren noch genau so wie zuvor. Die

Sträucher sahen gesund aus, und Elsie wünschte sich, sie hätte mehr gepflanzt.

Und dann entdeckte sie am hinteren Ende des Gartens, wo der Gemüsegarten gewesen war, ein hübsches Sommerhaus. Die Frau führte sie hinaus und halb in den Garten hinein auf das Häuschen zu. Die Tür stand auf, und man konnte einen Mann hinter einem Schreibtisch sitzen sehen.

»Amdega«, sagte die Frau. »Das Beste. Voll verkabelt für Strom und Computer und Heizung im Winter.«

Es stand auf einem großen Betonfundament. Der Mann hob eine Hand und winkte ihnen.

»Lieber nicht stören«, sagte die Frau. »Er schließt gerade sein Neuestes ab. Die Verleger sitzen ihm im Nacken. Sie wissen ja, wie das ist.«

Isabel warf Elsie einen schnellen Blick zu.

»Gutes, solides Fundament, wie ich sehe«, sagte Elsie.

»O ja«, sagte die Frau. »Der Sockel musste ziemlich tief gelegt werden.« Sie zögerte. »Aber natürlich. Das war ja Ihr Gemüsegarten! Jetzt fällt es mir wieder ein. Tut mir leid.«

»Wir waren nicht sehr erfolgreich mit Gemüse«, sagte Elsie. »Nicht in der Zeit, die wir hatten.«

»Wir auch nicht«, sagte die Frau.

Sie kehrten ins Haus zurück. Isabel lehnte den Tee, der ihnen angeboten wurde, ab, weil sie wusste, dass Elsie es so wollte, zumindest vermutete Elsie das anhand des Blickes, den sie ihr zuwarf.

Auf dem Rückweg in ihr Cottage sagte Isabel: »Schreibt den grässlichsten Quatsch, Krimis mit viel Romantik darin.

Schauderhaft. Aber die Leute scheinen das Zeug zu kaufen, warum also nicht?«

Elsie sagte, sie könne nicht zum Mittagessen bleiben. Das Bild des Sommerhauses blieb ihr im Kopf, bis sie wieder zu Hause war. Ziemlich oft hatte sie sich selber beim Nicken ertappt. Stan musste sehr tief gegraben haben. Sie konnte nicht anders, immer wieder dachte sie, wie komisch es doch war, dass ein Mann dort Krimis schrieb. Sie fand es grässlich, dass sie so dachte, aber es war so: dieses schicke Sommerhaus über diesem schrecklichen Mann. Sie dachte auch an die Matten auf dem Holzboden, die jetzt die Stelle bedeckten, wo sie die Lache seines Bluts weggewischt hatte. Das war nicht lustig. Sie schaute sich im Rückspiegel an, und das Lächeln war dasselbe, angewidert verzerrt, es war kein Unterschied zu sehen.

Auf ihrer nächsten Karte berichtete sie Stan, dass sie noch einmal in ihrem Cottage gewesen war und dass jetzt an der Stelle, wo der Gemüsegarten gewesen war, ein Sommerhaus auf einem Betonsockel stand. Sie schrieb, sie denke, er solle das wissen. In seiner Antwort dankte er ihr für ihre Karte – wieder eine prächtige Villa in einem Meer aus Blumen – und schrieb, seiner bescheidenen Meinung nach werde Gemüse sowieso überschätzt.

Geoffreys Zwillingen konnte sie keine Geschenke zum nächsten Geburtstag schicken, weil ihr Bruder einen Dreijahresvertrag in Australien angenommen hatte. Geoffrey sagte ihr, dass sie die sehr großzügigen Geschenke von ihrer geheimnisvollen guten Fee vermissen würden. Und dann wurde ihm klar, dass es so nicht weitergehen konnte, mit diesem Märchen, dass sie groß und wunderschön sei und eine aufregende Arbeit im Modegewerbe habe oder was die beiden sonst noch glauben mochten. Er hatte noch ein altes Urlaubsfoto von ihr, auf dem sie neben einem Esel stand, und jetzt, eines Abends kurz vor ihrer Abreise, zeigte er es ihnen.

»Das ist eure Tante Elsie«, sagte Geoffrey.

Sie starrten es lange an. *»Wirklich?«*, fragte der Junge schließlich.

»Sie ist ein bisschen hässlich, nicht?«, fügte das Mädchen hinzu.

»Ja«, sagte Geoffrey. »Ich fürchte, das ist sie.«

Ihre Mutter hatte das Zimmer verlassen, weil sie nicht wusste, in welche Richtung sich dieses Gespräch entwickeln würde.

»Na ja, wie auch immer«, sagte der Junge.

»Ich nehme an, sie ist sehr nett«, sagte das Mädchen.

»Natürlich ist sie das, du Trottel«, sagte der Junge.

Geoffrey klappte das Album zu. »Eure Tante Elsie«, war alles, was er sagte.

Dorothy war traurig, weil Geoffrey wegging. Es sei zwar nur für drei Jahre, sagte er, aber es könne ja sein, dass es ihnen gefalle, und Susan sei ein Mensch, der sich sehr gern im Freien aufhalte. Am Tag, als sie es erfuhr, ging sie zu ihrem letzten Bridge-Nachmittag. Nach dem Bridge mussten sie wieder den verdammten Arthur rufen, vorwiegend zwei Neuankömmlingen zuliebe. Sie zogen die Vorhänge zu und fassten sich um den Tisch herum bei den Händen.

»Es ist wieder Arthur«, sagte Gladys mit einer Klagestimme, als würde sie schon für ihr eigenes Leben im Jenseits üben. »Er sagt, dass jemand, der ihm sehr nahesteht, zu einer langen Reise aufbricht, einer langen, langen Reise ... Da ist jemand, der sich Edgar nennt ... Ich sehe einen Köter ...«

Eine Pause entstand. Dorothy hatte keine Lust, ihnen zu erzählen, dass Geoffrey nach Australien ging. Kein Mensch wusste irgendwas von einem Edgar oder einem Hund.

»Also komm, Dorothy«, sagte Gladys. »Kennst du denn niemanden, der eine Reise macht?«

»Jeder kennt jemanden, der eine Reise macht«, erwiderte Dorothy scharf.

Als sie ging, sagte sie ihnen, sie werde jetzt mehr im Oxfam-Laden arbeiten und könne deshalb in absehbarer Zeit nicht mehr kommen.

»Du und deine guten Taten!«, sagte Gladys.

Elsie bekam eine Arbeit in dem Krankenhaus, in dem sie Edgar Wakefield kennengelernt hatte. Dort traf sie ihn auch wieder, als er auf dem Weg zur Ambulanz war, und er sah inzwischen sehr viel besser aus. Zuerst erinnerte er sich nicht an sie, doch dann schlug er sich an die Stirn.

»Elsie! Genau die Richtige! Was für ein Zufall! Treffen wir uns in einer Stunde in der Cafeteria?«

Er erzählte ihr, er stecke in der Zwickmühle. Seine Nachbarin, Betty Stiles, denke noch immer, sie würde sein Geld erben. Sie wisse nicht, dass es ein anderes Testament gebe. Er habe es zusammen mit einem richtigen Anwalt aufgesetzt, und sie würde nur viertausend Pfund bekommen. Sie sei immer noch so nett zu ihm. Er wolle Elsies Meinung hören. Solle er Betty Stiles sagen, dass das Testament, das er an seinem Todesbett, wie sie meinte, aufgesetzt hatte, null und nichtig war? »Es bringt mich um«, sagte er. »Jeden Gefallen, den sie mir tut, die Wäsche, der Garten, Essen, das sie mir kauft, und so weiter.« Was solle er tun? Solle er die Karten auf den Tisch legen? Es zerre an seinen Nerven. Und um ehrlich zu sein, in seinem Alter freue er sich natürlich über die Aufmerksamkeit. Sogar sehr. Schließlich hatte er alles gesagt. Er schaute in Elsies Augen, als warte dort die Antwort nur darauf, ausgesprochen zu werden.

»Jede gute Nachbarin sollte so etwas tun, ohne eine Belohnung zu erwarten, Mr. Wakefield. Das sind doch nur ganz normale Gefälligkeiten, nicht?«

»Ja, aber …«

»Sie können ihr einen kleinen Brief schreiben, der erst nach Ihrem Tod geöffnet werden darf und in dem Sie es kurz erklären und die Hoffnung ausdrücken, dass sie die viertausend Pfund nicht missversteht, da sie doch jemand ist, der für Nachbarschaftsdienste keine Gegenleistung erwartet.«

Mr. Wakefield klopfte sich auf den Schenkel. »Sie kennen Betty Stiles nicht, aber Elsie, genau das ist die Antwort. Ein guter Rat. Ein wirklich guter Rat.«

»Dann sollten Sie in Ihrem Testament besser auch an

mich denken, oder, Mr. Wakefield? Ich freue mich schon auf eine hübsche kleine Überraschung eines Tages.«

Im ersten Augenblick nahm er sie ernst. Wie gern hätte er jetzt in ihrem Gesicht etwas lesen können. »Ich werde daran denken«, sagte er zögernd.

»Die arme, alte Betty Stiles«, sagte Elsie.

Mr. Wakefield stand auf. »Ich habe noch ein paar Jahre in mir«, sagte er.

Später kicherte sie ein paarmal, als sie sich vorstellte, dass Mr. Wakefield immer noch grübelte, ob er ihr etwas hinterlassen sollte oder nicht.

Im Büro gab es ein nett klingendes Mädchen, mit dem Stan manchmal wegen eines Gasjobs telefonierte. Als er sie persönlich kennenlernte, war sie sehr geschäftsmäßig. Sie trug eine Brille, was ihr ein strenges Aussehen gab. Sie kam aus einer ehrbaren Familie, das merkte er deutlich. Ein bisschen blass und auch ein bisschen unscheinbar, aber mit Lebendigkeit in den Augen. Schließlich fragte er sie, ob sie mit ihm ausgehen wolle. Inzwischen waren sie ein paarmal aus. Er hat sie noch nicht geküsst, aber als sie einmal aus dem Kino kamen, hakte sie sich bei ihm unter. Am nächsten Tag küsste sie ihn auf seinen Bart. »Ich mag Bärte«, sagte sie.

Und so ist es. Bald wird er eine feste Arbeit in der Gasindustrie haben. Er ist nicht wie andere Männer, sagt sie ihm eines Tages, immer nur das Eine im Sinn. Er weiß nicht, ob er ihr je sagen kann, dass er nie in seinem Leben auf See war, dass die ganze Geschichte nur aus einem Witz entstanden ist, als jemand sich über seinen Bart wunderte. Er weiß nicht, ob er ihr je sagen kann, dass er einmal einen Mann umgebracht hat. Aber er weiß, dass er es tun muss. Er würde alles geben, um Elsie einmal wiederzusehen, um herauszufinden, was sie darüber denkt. Er will dieses sehr nette Mädchen nicht verlieren. Wenn er es ihr sagt, könnten es alle erfahren. Er sollte wieder im Cottage sein, zusammen mit Elsie und mit Lucy. Damals ist er glücklich gewesen. Was würde Elsie ihm sagen? Er sehnt sich nach ihr …

Einmal war er bei seiner Mutter, um sie zu fragen, und sie sagte: »O nein, Stan, du kannst es nicht geheim halten, nicht vor einer Frau, die du liebst und die dich liebt. Wenn du erst einmal sicher bist.« Er fragte sie nicht, warum, weil er in ihrem Gesicht sah, dass sie das als völlig selbstverständlich betrachtete.

Auf ihrer nächsten Karte erzählte Elsie, dass sie nach Spanien fahre, um ihre Tante und ihren Onkel zu besuchen. *Es ist das Aufregendste in meinem ganzen bisherigen Leben. Es war ganz leicht, einen Pass zu bekommen, es gab keine Fragen wegen des Fotos oder so. Ich war noch nie im Ausland, kenne fremde Länder nur vom Fernsehen. Sie haben mir ein Ticket und alles geschickt.* Diesmal unterschrieb sie mit »Alles Liebe, Elsie«.

Sie fragte ihre Mutter, ob sie mitkommen wolle nach Spanien. Dorothy antwortete: »Diesmal nicht, meine Liebe.«

Was sie aber dachte, war: »Nur über meine Leiche.« Es lag nicht daran, dass sie Elsie nicht Gesellschaft leisten oder mit ihr Besichtigungstouren unternehmen wollte. Daran lag es überhaupt nicht. Es lag daran, dass sie keine schicken Sommerkleider hatte und auch gar nicht wusste, was sie sich aussuchen sollte, falls sie welche gekauft hätte. Es lag auch an diesen redseligen, halbnackten Leuten mit ihren Drinks und der braunen Haut und den Pools usw., die sie im Fernsehen gesehen hatte und die überhaupt nicht nach ihrem Geschmack waren. Sie konnten natürlich nichts dafür, und wahrscheinlich würden sie versuchen, nett zu sein zu Elsie, und dabei weniger redselig werden, weil plötzlich nicht mehr alles so vollkommen war wie sonst. Lieber klapperte sie jeden Tag vor Tesco's mit der Sammelbüchse und kehrte abends in ihr eigenes Zuhause zurück.

Stan ging mit seinem Mädchen am Meer spazieren. Sie setzten sich auf eine Bank, und er nahm ihre Hand und erzählte ihr die ganze Geschichte. Ihre Hand blieb in der seinen, bis sie zwei Kinder mit einem großen, schwarzen Hund über den Strand laufen sahen. Vielleicht gäbe es irgendwann Kinder, denen er es ebenfalls erzählen musste, ihre eigenen Kinder. Dann war da noch ihre anständige, liebevolle Familie. Er wusste, dass sie über dasselbe nachdachte. Und er dachte, Elsie hat Glück, sie muss es niemandem erzählen.

Sie nahm wieder seine Hand und hielt sie fest. Er schaute sie kurz an und dachte, wenn sie jetzt sprechen würde, dann würde sie einfach sagen, dass sie noch ihr ganzes Leben lang Zeit hatten, sich über solche Sachen den Kopf zu zerbrechen.

Elsie saß im Bus, schaute zum Fenster hinaus und dachte an Spanien. In letzter Zeit ertappte sie sich manchmal dabei, dass sie sich folgende Szene vorstellte: Eines Tages werde ich die Person, die neben mir sitzt, anschauen und sagen: »Ich habe einen Mann umgebracht.« Und die denkt dann nur, ich sei völlig übergeschnappt, und setzt sich woanders hin.